全民微阅读系列

宇宙的裂缝

陶波 著

北京·旅游教育出版社
北京·红旗出版社

策　　划：刘险涛　盘黎明
责任编辑：景晓莉　朱小玲

图书在版编目（CIP）数据
宇宙的裂缝 / 陶波著 . -- 北京：旅游教育出版社，2019. 4
（全民微阅读系列）
ISBN 978-7-5637-3936-3

Ⅰ . ①宇… Ⅱ . ①陶… Ⅲ . ①小小说—小说集—中国—当代 Ⅳ . ① I247.82

中国版本图书馆 CIP 数据核字（2019）第 064848 号

宇宙的裂缝

陶波　著

出版单位	旅游教育出版社
地　　址	北京市朝阳区定福庄南里 1 号
邮　　编	100024
发行电话	（010）65778403　65728372　65767462（传真）
本社网址	www.tepcb.com
E－mail	tepfx@163.com
印刷单位	三河市同力彩印有限公司
经销单位	新华书店
开　　本	710 毫米 ×1000 毫米　1/16
印　　张	11
字　　数	150 千字
版　　次	2019 年 4 月第 1 版
印　　次	2019 年 4 月第 1 次印刷
定　　价	45.00 元

（图书如有装订差错请与发行部联系）

●点评老师简介

顾建新

中国矿业大学文法学院教授。中国小小说学科带头人之一。著名理论家、评论家、作家，从事小小说研究和教学 30 多年。

司玉笙

中国作协会员。中国小小说作家代表人物之一，全国小小说高研班辅导老师。代表作《书法家》《高等教育》《中国算盘》《老师三题》等。1978 年开始发表作品，已发表小小说、短篇小说、散文、随笔、杂文、报告文学、通讯等 5000 余篇，著有中篇小说 4 部、长篇小说 2 部，多篇小小说被译为外国文字。

秦德龙

中国作协会员。中国幽默小小说代表人物。原《百花园》杂志首席编辑，全国小小说高研班辅导老师。已发表文学作品逾百万字，出版小小说集 18 部。《微型小说选刊》《微型小说月报》等分别开设"德龙专栏"。数次荣获中国微型小说学会年度评选一、二等奖。

陈玉兰

河北省作家协会会员。全国小小说高研班教务主任。《百花园》《燕赵文学》《中华文学》等杂志签约作家。当代微篇小说作家协会副主席，《微篇小说》副主编。作品见于上百家中外报刊。获多种全国小说大赛奖项。获 2013 年中国小小说十大新秀，2013——2014 年中国闪小说新锐作家。出版长篇小说《蛛网》、小小说集《秦家戏班》《最美的相遇》。

刘　勇

中国散文家学会会员，世界华文小说协会会员，蒙城文联副主席，全国小小说高研班辅导老师。近年来先后在《小说月刊》《山西文学》《百花园》《短篇小说》等报刊刊发散文、小小说 1500 多篇。先后获省内外文学作品奖 60 多项；作品被收录多种读本。出版散文、小说集《魅力漆园》《折子戏》《谁的梦想不开花》《清廉庄子》等。

冷清秋

河南闪小说学会会长。河南省作家协会会员。作品散见国内外各报刊。出版小小说集《风吹过》，小说合集《九双棉布鞋》《童年的最后一天》《依旧是太阳》。连续多年有多篇作品入选年度选本和精选本。在全国小小说高研班教学近五年，天津鹏程文化公司小小说导师任教二年，积累了丰富的小小说教学专业知识和经验。

孙　楚

孙楚，河南洛阳人，从事闪小说、小小说写作评论研究。曾任全国小小说高研班辅导老师。

文化自信从读写开始

杨晓敏

近年来，随着互联网技术的不断推广升级，现代信息技术已充斥各行各业。微博、微信、微小说、微电影，各类“微”产品，以网络阅读、手机阅读、电子器阅读、光盘阅读的形式，进入大众视野，但这种碎片化、快餐式的电子阅读 ，仅仅可以作为传统阅读的一种有效补充与辅助，却不能完全代替传统阅读。

我国经济建设的腾飞，带动并刺激着文化事业的极大进步，而文化软实力的增长，又为经济跨越式发展提供着强势的智力资本的支持。正是这种强有力的智力资本支持，慢慢建立起我们的民族文化自信。

学习的基本途径就是阅读。一个人的阅读力量，决定个人学习的力量、思考的力量、实践的力量；所有人的阅读力量，决定一个民族文化的力量、精神的力量、创新的力量。伟大的中华民族复兴之梦，要靠全国人民共同来缔造实现。提高全民素质，提升全民文化自信，繁荣民族文化，从阅读开始。

为了提高全民素质，建设书香社会，政府正采取一系列有效举措，营造阅读环境，倡导全民阅读。譬如开展读书日、读书月活动，一些省市地区通过整合全民阅读资源，打造了一批有广泛影响力的全民阅读“书香”品牌，还有些地区成立“农家书屋”，送书下乡，让书香墨香飘进寻常百姓家。

作为近三十年才成长起来的一种新文体，小小说的质朴与单纯，简洁与明朗，加上理性思维与艺术趣味的有机融合，及其本色和感知得到、触摸得着的亲和力，散发出让青少年产生浓厚兴趣的魅力。小小说是一种新文体的再造，那些优秀的小小说作品，是智慧的浓缩和凝聚，是一种机巧的提炼和展开，小小说是训练作家的最好学校。小小说贴近生活，紧扣时代脉搏。大千世界，瞬息万变，小小说能以艺术的形式，不断迅速地反映生活热点，传导社会信息，是开启社会生活的一扇窗口。小小说可以培养青少年的想象力，让他们展开飞翔的翅膀。近些年来，大量小小说编入高考作文，入选各类优秀阅读丛书，正为越来越多的年轻读者所喜爱，显示出它强大而茁壮的生命力。

北京辰麦通太图书有限公司提供的《全民微阅读系列》图书，至今已编辑出版 200 多册。它以全力助推全民阅读为宗旨，以务实求精的编选作风，为读者精心遴选了大批风格各异的小小说佳作，引领读者步入美好的阅读丛林。

北京辰麦通太图书有限公司有着具有超前市场运作意识的优秀团队，在图书制作过程中，不但追求内容的丰富多彩，在装帧设计方面，也力求超凡脱俗。在众多中国梦新时代文学丛书系列中，它像一朵充满朝气与活力的奇葩，正逐步形成自己的品牌效应，为提升全民文化自信、实现中华民族伟大复兴，增砖加瓦。

杨晓敏，河南省获嘉县人，生于 1956 年 11 月。河南省作家协会副主席、河南省小小说学会会长。曾在西藏服兵役 14 年。曾任《小小说选刊》《百花园》主编 20 余年，编刊千余期，著述七部、编纂图书近 400 卷。

陶波的世界

——陶波小小说集《宇宙的裂缝》序

一晃眼，我和陶波认识已有四年了。他是全国小小说高研班第七届的学员。四年来，从第七届到第十四届，从学员、副班长到教务处副主任，我和高研班的千余名师生见证了他的创作，也见证了他对小小说事业如耕牛一样无私扎实的付出。

陶波是重庆人，南人北相，高高大大，随随便便的站着，却给人塔一样的厚重感踏实感信任感。我在《我的全国小小说高研班之最》中，给陶波的定位是最热爱小小说的人。这样说，是因为在小小说的人物谱里，他属于创作与事业并重的人。也就是说，在小小说界，除了个体创作，他还有强烈的为他人为事业服务的公益心。

陶波做过国有煤矿企业的书记，领导过几百人的团队，后来，自己经营煤炭生意多年，却始终对文学不改初心。他说，生意是一时的，文学是一生的。这是他的人生态度，也是他的创作态度。是情结，更是情怀。

为把全国小小说高研班的工作做得更好，他利用大的节假日，和我一起，自掏腰包，先后考察了北戴河、渑池等地，规划在条件成熟时，八方借力，并以个人方式整合资源，为同学们免费提供创作基地，以帮助高研班进一步拓宽教学渠道，深化教学效果。不过，因为他做事习惯于低调，默默付出而不愿为人所知罢了。

序的传统，是知人论文。知道了陶波的人，也就自然容易理解他的文，容易理解他的小小说。

陶波的文章，陶波的小小说，总之是家国情怀。散文杂文是直说，而小说小小说呢，则常常是言大说之不说，是更大的说。换句话说，小说大有散文杂文所力不能及之处，即对家国之思有更深邃更生动更鲜活更有说服力的表达。如我们推崇鲁迅的杂文，但印象更深刻的还是他的《阿Q正传》。这也是陶波由散文杂文创作，到后来专事小小说创作的根本原因。

了解陶波，了解陶波的世界，这本集子只是一个开始。分别发于《百花园》《小小说选刊》的《杨丑》《鸽子》，可谓他家情怀的代表作，而《宇宙的裂缝》《通往地狱的火车》，则是他国家情怀世界情怀的代表作。而要了解一个相对完整的陶波，则需要多看他发在国内知名网站上的大量杂文散文。那里，有他家国情怀的根，或者说是他小说的源头和注脚；那里，站着一个文字报国产业报国，网名曰用兵韩信的人。

《宇宙的裂缝》，是陶波的第一本小小说集，他构思的更宏大的小小说系列，还在后面。愿他的小小说集，一本一本地写下去，我的序，也一篇一篇地写下去。我坚信，他对高研班，对重庆和中国的小小说事业还会有更大的作为和贡献。中国的小小说和小小说事业，也会因众多像陶波这样埋头苦干、无私奉献的人的参与而更加宏阔和丰富多彩！

（卧虎，评论家。郑州小小说创作函授辅导中心常务副校长，全国小小说高研班负责人。）

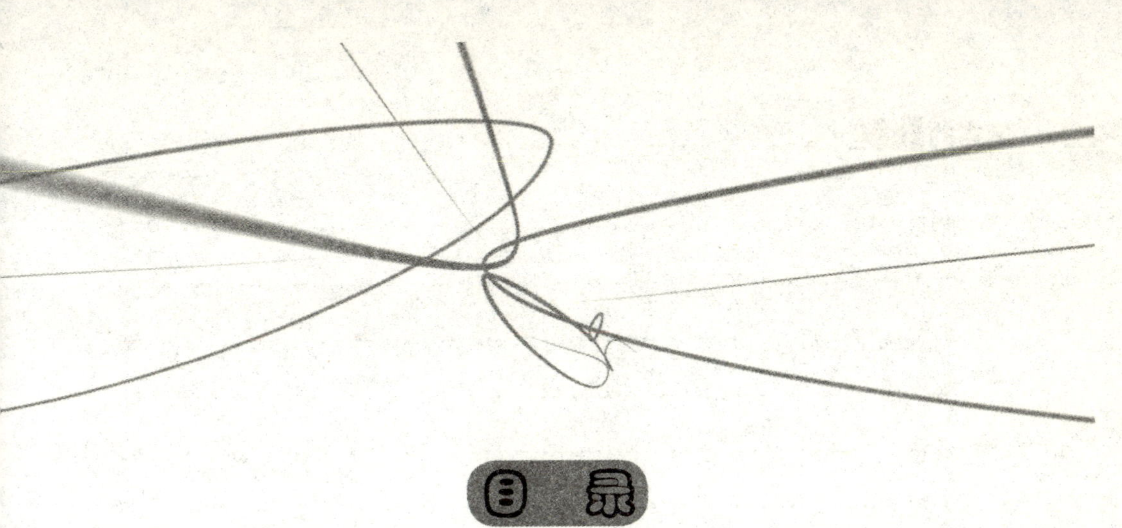

目录

第一辑　小城春秋

60年前，西南腹地的山野，野兽出没的乡村，因为能源的丰饶成为工业小城。她，从800米地心深处传出的喜怒哀乐，融和着月光下的柔情欢歌，演绎了60个风华岁月。

汽笛声声

司玉笙老师点评：

在强敌压境之时和民族危难之际，总有那些热血之士挺起腰杆、昂起头颅。他们并不一定是在战火纷飞的前线与敌拼杀，而是在后方发展经济强壮民族的筋骨。这篇作品写的就是抗战中的实业家和开拓者，带有很强的纪实性。

作者用低沉而又细腻的笔调写出了迸发向上的激情和豪迈，表达了这个民族的不屈和精气神——中华民族之所以几千年历经磨难而不败，就是有了这种人，这种精神。

南方的冬天没有北方的冬天寒冷。

侯德均扣好灰色华达呢中山装的风纪扣，迈着沉稳的步伐走出房间，笔直地站在走廊上，庄严而肃穆。

他在等待矿山清晨的报时汽笛。半年前他就规定，每天清晨6点到下午6点，每小时用蒸汽报时。

“国民政府分管军事工业的经济部翁文灏部长将正式宣布他出任南桐煤矿首任矿长。”

两年前的艰苦岁月又在他眼前浮现……

1938 年初，日本鬼子的炮弹突然“嗖嗖”地飞向河北井陉煤矿，传来震耳欲聋的爆炸声。正在指挥工人撤离和资料转移的他，同很多工人一样倒在了血泊中。从此，他的腹部留下了近 20 厘米的弹片伤痕。

是年春，武汉办公厅四楼会议室。著名地质科学家、主管抗战工业的翁文灏部长紧锁眉头，对与会专家宣布：“日寇铁蹄，践我中华。东北沦陷，华北沦陷，国府将抗战到底！根据空间换时间之战略，决定钢铁厂南迁，并在黔蜀交界处新建抗战煤矿供应铁厂焦煤。下面宣布国府任命，全体起立：任命侯德均任南桐煤矿筹备处主任，少将军衔；任命张伯平任工程师，中校军衔；任命崔彤任洗炼厂厂长，少校军衔。均纳入抗战工业序列管理。”

翁部长舒展了一下紧锁的眉头，挥手示意大家坐下，面向侯德均：“拓村兄表个态吧。”

侯德均迅速起立：“我意先行小作，亟图早日出煤。故利用汉阳大冶各机械，尽可实施开采，克日观成。”

“好！国府有令，要人给人，要钱给钱。及早建成抗战煤都！”

次月，侯德均将筹备处迁到了黔蜀之交一个叫桃子凼的地方。

这里是云贵高原余脉，人烟稀少，古树参天，野兽出没，是一个蛮荒之地。

侯德均一行数十名专家学者，怀着报国之心，徒步半月，考察了方圆几十平方公里。他们看到，在这个炼焦煤含量丰富的西南腹地，只有几个开采表层煤的私人土井，桐油灯照明，竹篓运煤，铁镐挖煤，典型的原始开采。这里没有公路，只有一条水流湍急的小河。

要在这里建一个抗战煤都，谈何容易！

自己立了军令状，完不成任务愿领军法。更重要的是，抗击日寇，恢复中华，这里将担负抗战焦煤供应之重任呀！侯德均在租用屋里把自己关了整整一天，足足抽了五包烟，没有进一粒粮食。

他通知随行人员一起讨论他的方案时，已经是晚上十点钟了。经过与会人员讨论，确定了他的两步走方案：收购土井，边改建边出煤；修 17 公里铁路，解决运输规模问题。

去年夏天，烈日当空。民生银行捐赠的上千条小木船正式下河运煤。由于河床狭窄，水流湍急，乱石林立，船工无法在船后划船掌舵，而是立于船头，不时用竹竿轻点两岸河石，小木船便顺水而下。从上游叫谷口河的地方，每 5 分钟放一条运煤船。

在这条 17 公里的河道上出现了壮观景象：弯弯曲曲的河道上有一条长长的船龙，河道两边是从下游往上游运返空木船的人流和驴队。船龙扭动着长长的身躯欢快东驶，两岸的船流却缓慢西行……

“拓村兄，不简单呀，当年投入，当年出煤，产量每月递增，抗战煤都，可望早成。”

“此乃翁部长鼎力之功。无汉阳大冶两铁厂近千吨之设备，无国府国人无偿之援助，凭我一己之力将一事无成。”

在蒲河一颗上百年的皂角树下，翁部长触景感慨，侯主任适时恭维。

见到这般壮观景象，翁部长满脸笑容。随后又把话题一转：“拓村兄，这阵势一天能运多少煤？”

“上游装煤，河道运煤，下游转煤，人力回船，人员数千，日运却只几百吨。”

“沿河铁路何时通运？”

“还有一年。”

“铁路贯通，数千人的河运场面就只能载入史册了。”

“河运萧条之时乃铁运繁忙之日，铁运繁忙之日就是日寇行将灭亡之时。”

“说得好！”

翁部长转身拍拍侯德均的肩膀：“到时河运工就会扩充为矿工扩大生产规模。”

“是的！这里将出现一个由移民建成的抗战工业城市。”

……

“呜……呜……呜……”尖利的汽笛声打断了侯德均的思绪。

他习惯性正正身，用右手压住腹部，神态凝重地注视已经井架高耸、烟囱林立、机器轰鸣的矿山，全神贯注地聆听声声汽笛在矿山上空回荡……

杨　丑

卧虎老师点评：

《杨丑》以丑为美，令人想起贾平凹的《丑石》。

以丑为美，彰显的不仅是奇崛的个性之美，也是一种芝兰不以无人而不芳的大美。

柏拉图说：美是难的。道出了人们对美的困惑。卧虎说，美也是危险的，因奇崛危险而更美。

万寿场杨掌柜，五十岁得一子，怕不好带，取名丑。

丑丑从小，大病不犯，小病不断，人长得不壮实，十二岁了还不如十岁的大狗。一颗大脑袋不说，前额左右还长了杏仁大的包，像叮叮猫的眼睛。小伙伴们打架，不打鼻子不打脸，专打他额上的“两个眼”。于是，那两个“杏仁”经常变成半个“紫核桃”。

杨掌柜老两口都是花甲之人，眼看没多少光阴了，很担心百年后宝贝儿子仍会被人欺负。反复合计，决定把杨丑送到五十里外的白羊观，让他学一身好武艺，自己保护自己。

于是，杨掌柜备了九马车大米一马车布匹，鞭炮从场东一直响到场西，来了个高调送子习武。

杨掌柜的车队到达白羊观已是落日时分。白羊观的不少青衣男女正在打拳练剑。那功夫真是了得：人影一会儿上树一会儿下房，拳击声剑击声随人影飘来飘去，令人眼花缭乱。

杨掌柜把车队一字排在道观大坝中央，上前向执事道人说明来意，希望悟虚道长收子为徒。

执事道人扫一眼杨丑，飞起一脚朝杨丑头上踢将过去，那脚尖却在杨丑腮边戛然而止！

道人说道："此子个子矮小，呆头呆脑，不属练武之人，道长不会收他为徒的。先生请回吧。"

杨掌柜好说歹说，道人就是不让他见悟虚道长。

杨掌柜声泪俱下，叫伙计们齐刷刷跪在地上不肯离开。

这时，道观中央三丈高的独足练功台上轻轻飘下一个老道，鹤发红颜，微微突出的双眼炯炯有神，轻声发问："先生果真希望爱子在道观学一身安身立命的本领？"

老于世故的杨掌柜，一见来人仙风道骨，估计是管事的来了。于是，将老来得子，犬子忠厚，受人欺负，特备大米九车布匹一车，意为全心全意拜师学艺之类的话又重复了一遍，言罢已是老泪纵横。

老道两手扶起杨掌柜，意味深长地说道："三年后我把一个能安身立命的爱子交还给你。"

杨掌柜千恩万谢，事后必当重谢之言不绝于耳。

转眼间三年过去了。

这天，万寿场的两个娃儿头大狗和黑二正与小伙伴在场西口玩耍，见一个似曾相识的身影从远处走来。

"那不是杨丑吗？"

"长高了点。"

“腰杆好粗哟！”

“头上的包不见了嘿！”

小伙伴们一窝蜂围上去，非要杨丑告诉他们，这几年学了哪些武功。

杨丑木讷地回答，没学啥子武功。

经过几个轮回的盘问，大狗见杨丑仍不愿透露一二，怒从心起，一把将杨丑打在肩上的包裹扯过来扔在地上。

杨丑没注意这个突然袭击，随包裹一个趔趄扑通倒在了地上。

“打他！”

不知是谁喊了一声。这群无所事事的顽童，将无聊和空虚发泄在倒地的杨丑身上。

看到一拐一拐满脸红肿的儿子走到面前，杨掌柜差点没认出来。一问，才知又被大狗他们打了。

“为啥不还手？”

“打不过他们。”

“你学的武功哩？”

“没学。”

“这几年干了些啥？”

“喂猪，放猪。”

原来，悟虚道长叫人买了一只小猪，交给杨丑喂。猪舍在二楼。道长让杨丑每天将猪从楼上抱到楼下大小便。这只猪一喂就是三年，啥武艺也没教他。

杨掌柜听后，一声怒吼：

“昧良心的狗道长，骗了俺九车的米一车的布……”言未毕，竟气得瘫坐在大堂上。

第二天，大狗跟黑二在街对面相互搭着对方的肩膀，脸上写满了得意。见杨丑走过来，他们高傲得摇头晃脑，以为是来求饶。

杨丑却没有搭理他俩，自顾从他俩身边走过。大狗和黑二认为受到了莫大的羞辱，立即将脚尖和拳头送给杨丑。

杨丑一急，像抱猪娃一样先把大狗抱住，向上一提，悬空原地迅速转了三圈，又稳稳放在地上，用左手拍拍他的屁股："猪猪尿尿了。"旋即抓住黑二的后背衣领甩上头顶顺势转了两圈，左脚向前迈出一步，左手接住黑二的一条腿，将他轻轻放在地上，拍拍屁股说："猪猪屙便便了。"

你别说，这俩小子还真"听话"，大狗尿尿了，黑二大便了，惹得围着看热闹的人笑得前仰后合，连夸杨丑力大如牛，小小年纪武艺超群。

"哈……哈……道长高人矣！"

人群中，看得目瞪口呆的杨掌柜更是兴奋不已。他拍拍惊魂未定的大狗和黑二，一把拉过杨丑的手说："明天咱白羊观还愿去！"

溪水镇

顾建新教授点评：

一篇小文，足见作者功力：首先是语言似行云流水，淋漓酣畅。写得气韵飞动，十分传神。语言之简练，令人叹赏：只需看开头的一段景物描写，寥寥数语，便知一二。其次是艺术手法娴熟：用烘云托月之法，多层铺垫，写几个人都败在高手手下，给人以强烈的印象。第三是小说布局很有章法：开头的景物描写，初看似与主题无关，又让人觉得是环保的主题，到结尾，志士的行为让人恍然大悟。人物的刻画有更上一层楼之感，首尾的切合，也让人惊叹。相信，作者在今后的创作中，一定会写出更多好的作品。因为，功力在此呀。

溪水镇，川南小镇也。溪流由西向东穿镇而过。溪宽十丈，岸高五尺，水深不足三尺。下游水缓，乱石遍布，夏日山洪，河泥淤积。冬季水枯，排污不畅，异味乱飘。时逢倭寇入侵，又遇国共战火，避乱之民日众，下游积污尤盛。政府无钱无心治理，且等来年雨丰，方缓此患。好事者谓之曰：污镇矣。

溪水南北两岸，有五尺宽石街。溪中跳石多处，方便南来北往。镇公所等府衙居北街，故北街繁华，南街清冷。

民国38年(1949年)秋，落日时分，一车飘至跨溪拱桥。骑者止，轻迈数步，躬身桥边垂询相士。

闲人水二，瘦若灯杆。倚其兄警所老大，专好无事生非。恰逢水二桥上无聊，觉车风扰人，心生不悦：哪来鸟人，溪镇摆谱？又瞥见车架红包，胀鼓扎眼。斜眯骑人，蓝裤布衫，眼生貌平，遂生戏弄寻欢之念。

“嘣……”

重物落水，似晴天惊雷，吸引南北两岸的眼睛。

“洋马儿落水啰！”

“红包冲走啰！”

死气沉沉之溪水镇顿时嚷声一片。

骑车人抬头，眼扫桥下，眼角余光，北街有瘦子奔跑。也不声张，手点桥栏，纵身北街，尾追瘦子……

布包胀气，顺流下飘。恰逢一黑汉经过，弯腰捉包……

“莽子救我！”

黑汉抬头，见水二呼他，跳石上紧迈数步，顺手将包裹砸将过去。

骑车人见水滴滴包裹迎面飞来，紧急止步，仰面后倾，伸手抓包，借包裹惯性，原地转旋，顺势将包裹划个圆弧向瘦子扫去，包裹从瘦子衣襟擦过。

黑汉跳到街上，拦住接包人：“何方歹人，敢打水哥！”话声未落，拳头飞出。

骑车人见黑汉出拳狠毒，却下盘不稳，也不退让，将头一偏，左手捉住黑汉拳头，右手包裹扫向黑汉左腿，黑汉“哎哟”一声，滚倒在地。

水二大惊，转身没入小巷。

骑车人见包已追回，黑汉倒地疼痛，瘦子逃遁，便转身返回，拟下溪捞车。

“站住，否则老子开枪。”黑汉咬牙切齿。路人纷纷避让。

骑车人扭头，见黑汉右手盒子枪摇摇晃晃，左手扶疼痛左腿，相距三丈有余，料无准头，便就地一滚，腰间掏枪，叭叭两响，已单腿跪地，枪瞄黑汉："把枪放下！"

黑汉呆惊，不知所措！

"是莽子开枪？"

话音未落，北街巷内冲出俩欲掏枪警察，见东西两人阵势，掏枪之手僵硬，动弹不得。

高个警察，撤回掏枪之手，轻松圆场："看来都乃公门中人，有话好说，有话好说。"旋即转身，双手抱拳，对骑车人曰："在下警察所长水达，管教部属无方，冒犯兄台，得罪得罪。"并大声呼叫："莽子，还不过来给兄台赔罪？"又将躲在人群中的水二揪出，扇了两际响耳，命他下溪扛车。

水所长坚持邀骑车人去警所，摆酒谢罪。骑车人沉思片刻，收枪入怀。

在警所饭厅，骑车人举杯欲饮，突然一声"拿下"，冲出几个警察将他按在桌上。

"哈……哈……哈……惯盗叶飞，你也有今天！兄弟们，明天押县城领赏！"

水所长脚踏座椅，众警察欢呼雀跃。警所豪饮之声响彻夜半。

次日清晨，镇公所旗帜上拴吊一红布包裹，旗杆下捆绑着警察所长。警帽堵嘴，胸前挂警所木牌。木牌上写着：

"金条五根，大洋五百，溪水镇平河治污专资，以迎伯承返乡。如懈怠挪用，必取尔等人头。侠盗叶飞。"

围观民众，窃窃私语，污镇要变了。

鸽　子

冷清秋老师点评：

我推荐这篇文章，王彦艳编辑采稿的评语道出了这篇文章的韵味："《鸽子》很耐读，喜感里渗着不用言说的忧伤，像黄昏时分天空的月亮，让人感受温暖与宁静。"

舅舅搬来我家时，还带来了一大笼鸽子。

舅舅说，他喂的鸽子霸道惨了。那只没有一点杂毛的灰鸽子，有人把它拿到几千公里远的天安门去放，它飞呀飞呀，飞过了一座高得不得了的秦岭大山，飞了半个月硬是飞了回来。那人出了好多钱买那只灰鸽子，舅舅说他不卖。他只卖灰鸽子的儿子和孙子。我说，舅舅坏惨了。

经常有人来找舅舅。他们拿一个拇指大的望远镜，用一只眼睛对着鸽子的眼睛看，还看老半天。我好几次要拿他们的拇指望远镜，想看看远山，照照天空，他们都不干。这些大人真小气。

买鸽子的人坐在我的小板凳上，把舅舅那个比我脑壳还大的瓷盅盅里的茶水都喝干了，偶尔才买走一两只鸽子。我巴不得他们买舅舅的鸽子，这样我就能得到两分钱买红苕麻糖了。

舅舅把卖鸽子的钱交给妈妈。他说，他的亲人只有我妈妈和我们四姊妹了。

有了舅舅的鸽子，我们几姊妹有了新衣服穿。

好景不长，舅舅的鸽子闯了祸，而且闯了大祸。

那天，太阳很大，把二婆土里的曲蟮（蚯蚓）都晒到土上面来了。我捉了几条，爬上舅舅睡觉的小阁楼。

舅舅的床边有一个鸽笼，比舅舅的木床还要高大。床对面是那个低矮的窗子。舅舅把窗门用木棍撑上去，鸽子就从窗口飞进飞出。窗户外面是二婆家的厨房房顶。一下雨，房顶的水就会全流到二婆的菜地里。

我把曲蟮放在二婆厨房房顶的青瓦上。鸽子在我家的房梁上，散开翅膀，转动小脑袋，就是不下来吃我的曲蟮。

我端来一个小板凳，站在板凳上，把曲蟮往鸽子扎堆的近处放。

不知怎么回事，我滚出了窗口，顺着二婆家厨房的青瓦滚到了二婆的菜地里。我叫都没有叫一声就什么都不知道了。

接下来发生的事情是后来大人们不断议论中我听到的。

“哪个遭千刀的又用石头砸我的厨房？”没看见二婆，二婆的声音就从厨房里传出来。

二婆舞动着她那双跟我的鞋一样大的尖尖脚，一溜烟转到厨房背后。

“乖乖呀，是我的小蛮孙滚下来了，这可哪个得了。快来人呀，救人呀！”

二婆的尖叫声把邻居都惊了出来。在七嘴八舌的声音里，哥哥姐姐们抱起我就往医院跑。

被我吓飞了的鸽子在天上盘旋了几圈又飞了回来，站到房梁上不停地咯咯咯，欢快得很。

“遭千刀的鸽子，前几次刨烂了我的瓦，这次又害了我小蛮孙，看我不打死你！”

二婆抓起旁边的晾衣竹竿，抖掉竹竿上晾晒的衣服，就向房梁上的鸽群

挥舞。

舅舅心疼他的鸽子，跑过去阻拦，脚下一滑一个趔趄恰好倒在二婆身上，把二婆压在土里。

“钟科学打人啰，钟科学打死人啰！”

围观的叔婶赶紧去把舅舅拉起来，二婆却死死拉住舅舅不放，嘴里不停地喊“钟科学打死人啰。”

这时,公路上面跑下一队人马,戴着红袖章,手拿钢钎手榴弹:“谁在打人，谁敢打人？”

“格老子，一个青壮年，敢打老太婆，抓起来。”

不由分说，这群人把舅舅抓走了。

“今天‘铁血兵团’到处抓人，我们男人是不能出面去要人了。大嫂去看看吧。”二叔焦急地对妈妈说。

妈妈一会儿就跑回来，扑通一声跪在已被扶坐在石凳上的二婆面前：“二娘，不好了，科学被抓去跪在公路上，怕是要被枪毙了。”

缓过神来的二婆，“嗖”地站起来，抓起墙边赶鸡鸭的竹响，将那双尖尖脚迈得飞快，几步蹿到公路上，朝跪着的舅舅背上打了两竹响。

“好你个钟科学，还敢打你二娘！”

“二娘，我没有。”

“还敢犟嘴！”二婆又朝舅舅背上打了两竹响。

“二娘，您打嘛，我错了。”

“走，回家去跟我跪三天。”二婆生着气把舅舅拉起就走。

那些拿着钢钎端着枪的叔叔阿姨，谁也没有阻拦二婆。

舅舅根据妈妈的要求，第二天就把鸽子全部卖掉了。

舅舅卖出去的鸽子，有几只飞回来了好多次，舅舅都把它们送还给新主人。那只没有一点杂毛的灰鸽子几个月后又飞了回来。舅舅含着泪水对新主人说，你回去喂它点隔夜茶吧，它就再也不会飞回来了。

弯弯的河流

冷清秋老师点评：

《弯弯的河流》篇幅虽然不长，但情节内容却异常丰富，主题处理也意味深远——尤其是后者，突破了类似素材常规的“环保主题”这个框架，而带入了对我们文化的反思和品读。这一点殊为不易。

整个作品开篇于一种古典的水乡趣味。而在后来的情节中，随着工厂的建立，河水被污染。鱼虾死去，甚至连水都要用钱来买了。虽然后来又重新进行水土改造，甚至把河流两岸建成绿柳公园，然而死去的河流并未完全复活过来。变得过于狭窄的河道，遇到暴雨即暴发洪水，财产毁坏无数，更是威胁两岸居民的生命。

情节中的主人公小波其实有着“大河之子”的寓意——这河流养育了他，也陶冶了他。使得他最终从这河流走向了大洋，成了军舰上的一名战士。他成长了起来，也开阔了自我的世界。

所以这是怎样的一条河呢？它曾经哺育着人们，现如今却又折磨着人们。人们辜负过它，也在努力再造它。

该怎么看待这一切呢？

这就如同母亲和孩子的关系。里面有着数不清的恩惠和纠缠不

尽的埋怨。

所以这不是结束，而是一个新的开始。作品的结尾，把这一切的情感进行了升华。人与河的关系将继续下去。也许里面依然充满了波折。但就像它从几千年前流来一样，它依然还将继续向几千年后流淌。

情节到这里，就已经跳出了环保和恩怨是非这些狭小的主题，而向我们展示了一种河与人的文化。

这种人与河的文化就是中华文明数千年来的脉络和精髓，这一点正是这篇文章的深邃之处。

天刚蒙蒙亮，小波就摇晃着小木桶向挑水码头跑去。

说是码头，其实是三条长青石分高低依次延伸到水里的石桥。不管是涨水还是枯水，你都能站在青石上，担不卸肩，将两只水桶往水里一按，直起腰，清澈的河水就灌满了水桶。你转身上岸时，水桶外面的水滴打在河里还会发出悦耳的滴答声。

小波站在长青石上，弯腰，压桶，起身，刚要转身，一条鱼飞出水面，一头栽进了他左边的水桶，溅了他一脸一身的水，红色的鱼尾露在水桶外面不停地摇晃。

好大的一条鲤鱼，从来没遇到过这等好事！小波的心咚咚直跳。

“千万不能让鱼儿跑掉！”小波用尽平生的力气，挑着盛满水的小木桶，向岸上飞奔。

小波喘着粗气，回头看看河边，掂量是不是到了鱼儿跑不掉的地方。

这一看不打紧，却看到了更加惊人的一幕：两条大鲤鱼飞上了河岸，在沙滩上扭动着金灿灿的身躯，发出啪啪的声响。

小波“嘭”一声丢下水桶，水哗啦啦溅了一地。桶里的鱼像被震昏了，不再摇晃它的红尾巴。小波屁股着地滑到河边，抓住一条大鱼就往水桶方向跑。不料鱼大手小，鱼儿又滑，鱼啪的一声掉到沙地上。小波赶紧扑过去，生怕鱼儿跳到河里去了。

“小波，不挑水回家，一大早就在河沙坝打滚，看我不……”

邻家的何平哥端了一盆衣服也来到了河边，刚好见小波扑在沙地上。他正骂小波，却发现了另外一条在沙滩上跳动的大鱼，生生把话吞了回去。只见他将盆里的衣服往地上一倒，猛地向鱼扣去……

小波担心何平哥抢他的鱼，坐起身，背向大河跪在沙地上，用身体拦住大鱼，扯下海军衫，包在鱼身上，把鱼抱进了水桶。

这时，天已大亮，小波看见河边有很多鱼在乱窜。沿河两岸不时响起抓鱼的尖叫声。

就在这一天，两岸的居民捞了几千斤的鲤鱼、鲫鱼，还有29斤重的鲢巴唧。小波的两条鲤鱼就有15斤重。一家六口满心欢喜地打了两次牙祭。

河岸抓鱼，让小城的居民足足兴奋了半个多月。

后来的几年中，河岸飞鱼的好事情还发生过好多次。

但是，妈妈不让小波抓鱼了。说是县办农药厂、硫酸厂洗池子的水呛起来的鱼，吃了怕中毒。下北街就发生了几起食鱼中毒事件。

靓江河呈S形穿过小城。小波家正处在S的第一个拐弯处，是个回水湾。河湾上面经常漂着很多死鱼没人要，要等下雨涨水才会被冲走。

小波读初中时，河里的水已不能吃了。小波就换了大木桶，每天花一分钱到居委会去排队，买一担自来水回来煮饭烧水。河里的水就用来打杂。

小波高中毕业参了军，而且是他梦寐以求的海军。参军后，他立了功，提了干，还娶了艇长的女儿。在舰艇上一干就是几十年，很少回家乡。

今天，小波退下来了，就悠悠闲闲地回老家看望老父老母，还有那条忘不掉的靓江河。

小时候的挑水码头没有了，一条宽敞的休闲步道覆盖了它。那一大片回水湾也被填平变成了绿草地。

“这不是小波吗？转业了？”坐在休闲椅上的老哥站起来握住了小波的双手，非常激动。

小波的眼睛眯成了一条缝，把略显苍老的何平哥重新扶坐到椅子上，后退两步，行了一个标准军礼。

“我能穿上这身海军衫，也有何平哥的功劳，小波向您致敬！”

见对方一头雾水，小波继续欢快调侃：

“要不是您把我从水码头上扔到河里，我不会在两岁时就学会了游泳，也许就当不成海军了！”

“哈……哈……哈……”两个发小的欢快笑声传到了河对岸，又从河对岸返了回来。

何平哥兴致勃勃向小波大赞家乡的变化。他说，这些年，政府加大了对污染企业的治理，河水经过加工后流进了每户人家。政府花好多个亿把靓江河两岸建成了河滨公园，市民可享福了！

但他又忧心忡忡地说，现在就怕涨水。河窄了，水浅了，只要涨水就是“强盗水”。有一年下了三天三夜的暴雨，临江的居民还在睡梦中，洪水就进屋了，很多人是穿着裤衩跑出来的。有的人连同房子被洪水冲走了。那一年，小城被洪水冲走的人就有好几个。

小波面色沉重地站起来，凝视着这条熟悉而又陌生的河流，不知它流淌了几千年，也不知道它还能流淌几千年……

黄扁卦

顾建新教授点评：

小说写得惊心动魄。成功之处在于两点：一是注意环境的描写与氛围的营造。意在设立一个极为恶劣的险境，来突出人物过人的能力和特殊的精神。沧海横流，方显出英雄本色。二是生动、鲜活的细节描写。作者首先要对所写的题材非常熟悉，有深刻的生活体验。同时，要善于画龙点睛，抓住要害，把重点突出出来。救人的艰难，整个过程，极有现场感，让人历历在目，读之难忘。

嗜酒如命的黄扁卦，除了上班吃饭睡觉，成天就坐在床上打坐。小壳钻叫他喝酒他也不去。

黄扁卦是采煤队的一绝。别看他个子不高，手臂比小壳钻的大腿还粗。肩宽腰圆的他往你面前一站，你以为是农村筑坝用的夯磴。他的功夫更是了得。据说他不但有“铁布衫”的功夫，还能把那个玩意缩到肚子里，让对手永远无法攻击他的要害。还有人说，只要他把气运到头上，电钻都钻不进他的头。但是，他为人谦和，说话细声细气，这与他浓眉大眼满脸络腮胡的武林高手形象形成巨大反差。

这几天，工友们见他都在床上打坐，说扁卦又不晓得在练啥子功夫了。

可是，小壳钻知道他不是练功，他有心事。

那是前几天，他跟扁卦师傅一个桩头。放炮班走后，他们进入了工作面。放炮的气浪把第一排支柱冲倒了十几根，第二排也有几根支柱被冲得东倒西歪。工作面就出现了一大片没有支护的顶板。小壳钻他们的桩头位置，恰好也倒了几根。桩头工必须先把被冲倒的支柱补好扶正，再去完成自己的支护工作。这是为了防止顶板垮塌。

小壳钻到风巷运木料还没有下来，黄扁卦一个人又是掏窝又是补支柱的。他一只脚踩在下部支柱中间，左手抱住一根木料贴在胸膛上，用力一提，把木支柱放进了掏好的窝子里，但是，木料短了 2 厘米。

恰好这时矿上的技术员经过，黄扁卦就对他努了下嘴，叫技术员递一块旧木板给他，他好垫在支柱上面。这个技术员经常帮工人干点类似的活计。技术员拣了木板，放到支柱上面，示意黄扁卦去拿铁斧过来把支柱敲打紧，他仍扶住木板。

黄扁卦担心支柱倒下来，就用巴掌把支柱拍了两下，见不会倒，才转身到第四排支柱去拿铁斧。可他刚走开几步，就听到身后“轰”的一声巨响，工作面顿时煤尘滚滚。

莽子班长大声呼叫：“大家不要乱，看身边少人没得？”

“遭了，技术员不见了！”黄扁卦马上回应。

“石头下面有两只脚！”手里抱了一捆木板的小壳钻在惊呼。

“大家赶快救人！”莽子班长的声音。

工作面的通风很好，煤尘已不像先前那么大，有了一定的能见度。大家看到，天板上掉下一快比防盗铁门还大的石板，石板的下口露出一双长筒靴子。

犹莽子、万大掏耙、黄扁卦等几个彪形大汉一起去下口抬石板，石板却纹丝不动。万大掏耙返身抓起大掏耙疯狂地扒技术员脚下的煤，有几个工友也在他的身后做起了扒煤二传手。但煤炭刚掏松一点，大石板又随之下沉一点。

黄扁卦见状，大吼一声：“停！”他一把掀开万大掏耙，背部倒地，两脚叉开蹬在第二排和第三排的木支柱上，气沉丹田，用右肩和后背顶住石板下部……

大家立即明白了他的意图。他是用身体来支撑石板，不让石板再下滑下沉。小壳钻也抱来了几块废旧木料，随时准备将木料塞进掏出的缝隙中。

石板下面是刚放炮推出来的松软煤炭，加上工作面的坡度，下部煤掏空，石板的重量自然下坠。现在，全部重量几乎全压在了黄扁卦的肩上和背上。就在要垫上第二块木料时，他的络腮胡脸上已布满筷子粗的青筋，青筋上面挂满了黄豆大的汗粒。小壳钻带着哭腔：

“扁卦师傅要遭不住了，大家快点掏，还差一个拇指木料就塞进去了。”

“煤炭是松的，掏一点就塌一点下来……”有人焦急应答。

这时，黄扁卦两腿发力，脚下的木支柱嚓嚓作响。黄扁卦的眼睛都要鼓出来了，他从鼻孔里发出了像老黄牛一样沉闷的长音，活生生把大石板向上顶起了几厘米，小壳钻的木料顺利塞进了缝隙。

工友们慢慢把技术员从石板下拉了出来。技术员的头部刚露出石板，就从耳洞里喷射出一股鲜血，恰好喷在黄扁卦的脸上。工友们看到，坐在煤炭上喘着粗气、满脸血污的黄扁卦，比技术员更像伤病员。

在澡堂，小壳钻去给黄扁卦擦洗后背。黄扁卦一直在喃喃自语：“我不该叫技术员帮我递板子，那样，技术员就不会遭罪了。”

小壳钻看到，黄扁卦的右肩右背上已凹凸不平，又红又肿。他小心避开了那些部位，一边擦洗，一边宽慰师傅说：“救护队抬人时，医生说了，好在他耳朵出血了，减少了头颅压力，救活的可能性比较大，师傅就不要担心了！”

“我死了算个球，粗人一个，贱命一条。他死了的话，啷个得了。他可是技术员，是工程师，是文化人哪，他的命比你我都要金贵呀！”

回到工房，黄扁卦就用右手抱住左手，左手护住丹田，在床上闭目打坐。已经七天了。

小城遗案

顾建新教授点评：

一个常见的偷盗事件，却被作者写得极有兴致。究其原因，在于写得一波三折。微小说虽篇幅短，但也不应“胡同里赶猪——直来直去（老舍语）”，而应池水兴波，以造成尺幅千里的态势。这篇小说几多波折：主人公被盗，警察忙里忙外，无果；他自己去蹲守，也无效。到这里，似乎是山重水复疑无路，却逼出柳暗花明又一村的新境界。于是，打了小广告，抓住小偷，应该送到派出所，小说到此本应结束了。作者又加了一个弯：放了小偷一码（这个细节的设计，很特别，很有味），从此小区无盗贼。将现实的生活，写成一篇引人入胜的小说，作者是要在构思上下很大的工夫来一番精心的改造的。

郑跃走出派出所大门时，肠子都悔青了。

深夜两点多钟，郑跃起夜，发现防盗门大开，顿时大喊大叫起来。清点损失，客厅沙发上的挎包被拎走了。包里有 100 多元现金，飞机票、身份证、银行卡等重要物件。没有了身份证下周出差怎么办？

正在这时，手机短信提示，有人在附近柜员机刷他的银行卡，密码错误。

是小偷。

内心的愤怒让他飞也似的向银行网点跑去。

虽然他没有抓住多次刷卡的小偷，但他记住了小偷的摩托车牌号。他想，有车牌和柜员机网点的监控录像，警察肯定能抓住小偷，追回他的钱财和身份证。他立即到派出所报警。

他绘声绘色向警察描述差点抓住小偷的经过，又做了3个小时的报案记录，警察却告诉他不爽的注意事项：一是要他保护好现场，刑警队九点钟到现场提取证据，他必须配合。二是案子能否告破不一定。即使破案，有可能也追不回财物，要他有心理准备。三是补办身份证，加急半个月，普通要一个月。建议他到附近的垃圾桶找找，小偷往往把不值钱的东西丢掉。

折腾了四个小时，还要等两个多小时让刑警队再来折腾，钱财可能还拿不回来，人也没休息好，早知是这个臭结果，鬼才深更半夜来报这个案。

郑跃走出派出所时心情怎么会不糟糕呢?

初夏的晨风，让晨练的大伯大妈备感清爽，却让穿个褂子便出门抓小偷的郑跃觉得有点凉。他双手不由自主地抱了抱光着的双肩。他想，管它的，趁早晨人少，自己就当一回“拾荒者”，找回身份证。没有身份证可是寸步难行呀。

他光顾了十几个垃圾桶却扫兴而归。

不到九点钟，三个警察背了很多设备仪器来到他的家。警察根据楼下休闲椅周围几个牌子的大量烟头和小偷丢弃在楼道的女式外套推断，是几个小崽儿合伙蹲点作案。

送走警察，郑跃拖着疲惫的身躯往楼上走。走到三楼觉得有点累了，就停下来点了支烟。深吸一口，向墙上黑色和红色的橡皮图章徐徐吹去。

小广告?

他灵机一闪，警察不是说小偷会丢掉身份证么？我也打个小广告，谁捡到给予重奖，也许能在出差前找回身份证？

他立刻转身下楼向打印店走去。

郑跃把近百份小广告贴到小城很多片区的楼道后已是满身臭汗。

小广告贴出才 3 天，郑跃就接到了陌生电话，对方说捡到了他的身份证和三张银行卡。他立即坐三轮车直奔约定地点。

三轮车刚拐进滨江路，郑跃老远就看见穿花衬衫牛仔裤的通话人。他个子不高，瘦小，在行人不多的清晨特别惹眼。

礼节性递烟客套。确认身份证银行卡后，握手言谢的郑跃突然发现，小崽儿有点眼熟。

“兄弟，我们在哪里见过？”

“不会吧。”

“对了，前天在我家楼下，警察用银光粉提取脚印、指纹时，好像你一直在旁边看热闹。”

“不……不……会。我……没有。”

“兄弟，这样吧，你跟我到派出所，向警察说明捡到身份证的情况，便于警察破案。我再把 100 块钱给你。”

“我……我姨妈捡……捡的，我也不……晓得。”

“兄弟，好事做到底撒。”郑跃把小个子的手握得更紧了。

“我，真……真的不清楚。钱……我不要了。你、你放手，我走了。”

郑跃的大脑在翻江倒海：

这小子，不是偷包同伙就是知情人。偷了钱不说，还要刷卡，还要来领奖金，太过分了！不抓到派出所难解心头之恨。

突然，警察的告诫又回响在耳旁：“破了案，钱也不一定要得回来。”钱没有用完，这小子会来冒险领奖？派出所会不会又对自己没完没了呢？

算了吧，自己有工作，小偷没有。权当是自己给小偷发奖金。关键是他送回了身份证。

郑跃紧握小个子的手暗中使劲，又带着微笑对心慌意乱的小个子说道：

“兄弟，既然不是你捡的，你也说不清楚，派出所就不去了。你送还了身份证，我还是要按承诺感谢你。”

说完，他松开手，拿出100元递给了小个子。

松开手的那一瞬间，小个子如释重负。看到手上的钱，脸上的表情又复杂起来。

“哥子，你耿直，是好人，一定会有好报的！今后有用得着小弟的地方，尽管吩咐。”

“兄弟见外了，小城屁大个地。三轮车几块钱就能绕城一周。抬头不见低头见。兄弟如果有时间，就帮我把那些小广告撕掉，也算又帮了我。”

小个子满口答应感恩戴德而去。

三年过去了，郑跃报的盗窃案仍然没有破。但是，他们那栋小楼再也没有被小偷光顾过。

赵心慌

顾建新教授点评：

小说刻画人物，用了多种手法。先是写他一参加工作就要调班，而且找了一个有经验的老工人做师傅——揭示了他为人精明；再用侧写，写他一上班，整个掌子面一片朝气蓬勃的气象；特别是在危难的时刻，挺身而出救人，更写得大义凛然。但作者也不是一味地歌功颂德，也写出了他的慌乱，表现了一个新工人的稚嫩。这样写，增加了小说的真实感，令读者信服。一个真实又勇敢的工人形象，就站立在我们面前。

赵小明是 72 年被招到直属一矿的农民轮换工。

他个子小脑壳小眼睛小，一看就不是干采煤工人的料。把他安排在哪个班呢？这可难住了采煤队的徐队长。

徐队长是个有心计的家伙。他瞄准了要探亲假刚回来的一班长。他哭丧着脸说，莽子，看在同乡的分上，你支持支持我的工作，把赵小明收到你们班上吧。

犹莽子是一个吃软不吃硬的货，探了亲心情又好，见徐队长给他下矮，瞟了一眼徐队长稀罕的头发说："癞子，既然你都恁个说了，我就把这个小壳钻收了吧。"

煤矿工人有句口头禅：采煤工三天就是师傅。采煤工作是个体力活，技术含量不高，谁力气大，谁肯干，谁就有了本钱。老工人时常调侃新工人：第一天叫张师傅，第二天就喊老张，第三天就是张屁眼虫了。

赵小明就是这样一个地地道道的"王八蛋"。没上几天班，就不服从安排了。

莽子班长照顾新工人，安排他十多天的辅助工种。辅助工种轻松但时间长。今天又安排他回柱打信号，他不干了，理由十足，嗓门还不小："班长，我昨天夜班 8 点多下井，今天 10 点才出井，睡了两个小时就翻中班，遭不住。我怕打瞌睡影响安全，今天就派我上桩头打支柱嘛！我也好早点出班补瞌睡噻。"

"你个小崽崽，爬都没有学会，就想学走了嗦？"莽子班长朝自己脑门上爬动的苍蝇猛拍一巴掌，继续没好气地说，"你小起个壳钻，哪个愿意跟你一个桩头？"

"黄世全黄扁卦黄师傅噻！"

一说到黄扁卦，莽子的脸就阴转晴了。他满脸堆笑转向角落里的黄世全："扁卦，赵小明请你喝了几回酒哟？"

黄师傅有点不好意思，嘿嘿一笑："不是酒不酒的问题，既然他想学，就让他学噻。今后，你总要让他什么工作都会才行噻。"

莽子心想，这个小崽崽还狡猾耶，私下里早就给黄扁卦下了药，晓得去拉拢身强力壮的师傅来帮带他。

莽子班长求之不得。少一个需要照顾的对象，排班就多一份顺利。赵小明的要求如愿以偿。

赵小明第一天上桩头，异常兴奋，一溜烟跑最前面下井抢木料去了。

还没等赵小明把木料运齐，采煤队工作面就沸腾了：铁锯锯木料的声音

“哗啦哗啦”响个不停；开山斧砍木料“咣，咣，咣——”的声音清脆又响亮；“何唧巴，把板子递上来”；“阮吉才，窝子往老塘移10厘米”；“黄烟花，砍个削子打在支柱下口”；“马儿，把老子手指拇压倒了！”……

两个小时下来，汗水与煤尘把他包裹得像个“黑煤球”，而他的眼睛却在不停地转动，满口的白牙随着说话声不停地一隐一现……

有一天，顶板压力过大，工作面出现了垮塌。按矿调度室的安排，丢掉垮塌部分，从工作面中间顶煤眼子接通上部风巷，再继续回采。

直属一矿是高瓦斯矿井，一个立方米的煤层中可抽出几立方米的瓦斯。所以，顶眼子必须由通风队派专人跟班送风，排除煤洞内的瓦斯，采煤队才能继续作业。采煤班顶眼子的速度过快，通风队送风筒的工人还没有来，顶眼子的采煤工人就只有坐等。

犹莽子趁瓦斯检查员不在，爬进眼子里去凭经验感觉一下瓦斯大小。如果不大，他准备不等接风筒再打一炮完成当班的推进任务。他爬进煤眼子一分钟，就传来“嘭咚”一声响……

老工人马师傅大喊：“犹莽子遭瓦斯闷倒了！快屙尿把毛巾打湿堵住嘴巴，一个牵一个把莽子拉出来！”

工友们纷纷站起，屙尿堵嘴，忙成一团。

这时，只见靠在支柱上的赵小明，把挂在肩上的放炮电线往自己脚上一套，将电线的另一头向马师傅一甩，像山耗儿一样窜进煤眼子，边窜边大声说：“我进去抓住他的脚，喊拉，你们就把我们拉出来哈！”

从赵小明往眼子里窜喊“拉”到把他们两人从眼子里拉出来，不到10秒钟！有的工友还没有反应过来嘞。

“把莽子拖到风筒口去吹风！”

马师傅一边指挥着解救犹班长，一边厉声骂赵小明：“你这个小崽崽，你心慌啥子？没有几十度的坡度，一根放炮线拉得动你两个人？搞不好莽子救不出来，你也要栽锅，晓不晓得？！”

“我一听说犹班长遭瓦斯闷了，就心慌。一心慌就想马上把他拉出来。那时，就是心头慌，啥子都没想。”

赵小明左一个心慌，右一个心慌，生气的马师傅和忙碌的工友们都被逗笑了。紧张的气氛也缓和下来，还你一言我一语说起了笑话。不知谁说了一句，干脆今后就叫他“赵心慌”。

“要得！”“要得！”

工友们的笑声附和声在工作面回荡，像极光一样闪动的矿灯光束在漆黑的工作面晃来晃去……

莽子只是轻度窒息性昏迷。经过风筒一吹，氧气补充，人已经清醒过来坐在煤炭上了。他拍了拍还有点晕乎乎的脑壳，苦笑着说：

“今天我违章了，上面晓得了不得了。大家懂得起哈。我的一斤半白酒票还没有用，再端几份吸尘肉，出班到我工房喝酒，感谢大家也感谢‘赵心慌’。”

从此以后，再也没有工友叫他赵小明了，全都叫他“赵心慌”。

医　生

陈玉兰老师点评：

这里通过医生劝孕妇与丈夫打胎的事例，告诉了人们一个肤浅的道理：医生必须有医德。所谓小小说的奇，指的是结尾要新奇巧妙，出人意料，中外作家的许多优秀作品就常在结尾处使人拍案叫绝。

医生：“根据检验报告，孕妇已感染了淋球菌、革兰氏阳性菌以及其他妇科疾病，必须进行十天左右的抗生素治疗。这势必增加胎儿畸形和智障的风险。所以，要征求你们夫妇的意见。”

孕妇：“喊你不要‘那个’你偏要‘那个’，喊你洗了澡才‘那个’你就是不听，现在得了妇科病影响宝宝了，看你咋跟妈交代。”

丈夫：“那天我喝醉了……”

医生：“你们也不必紧张。就是常见的病菌，用药很快就能治愈。作为父母，你们一定希望生一个健康聪明的宝宝。孕妇跟护士去采血吧。”

医生：“年轻人，你有一个很单纯的好老婆！现在你老婆走开了，你不想说点什么吗？”

丈夫：……

医生："今天上午，有一位妇女被查出了艾滋病病毒。她老公经营黑车，有一次一个'海妹'没有租车费，同意让他'高兴一回'。他一个冲动带来两个人终身的痛苦，代价非常惨痛！"

丈夫：……

医生："你想法说服你老婆打胎吧。你们还年轻，今后再怀。我给你开两份处方，你在其他医院治疗，不让你老婆知道。"

丈夫："医生，有无痛人流吗？"

医生："当然有。病愈后两个月才能同房，半年后才能怀孕。对你老婆好一点，不要再干傻事了。"

丈夫两眼潮湿，不住地点着头说："谢谢医生，谢谢医生。"

万大掏耙

顾建新教授点评：

微小说刻画人物形象是个难点，因为篇幅太小。不可能写出人物成长的历史，也不能写出人物形象的多侧面。但它有自己的策略：抓住人物的个性特点，反复地渲染突出，就能以其鲜明性、突出性给读者留下深刻的印象。这篇小说，紧紧围绕主人公的钢铁性格，以“逃学”为核心事件，浓墨重彩地写出了一个特殊的工人形象。第二个特点是，以生动的细节描写给读者以震动。请看“他用废旧的铁溜槽烧了一个掏耙，比矿上发的掏耙整整大两倍。一掏耙扒下去，两吨左右的煤炭就顺着30多度的斜坡涌进了铁溜槽。他嫌戴手套扒煤不好使大力，就常年不戴手套。手上的老茧都有半厘米厚。”再如“将背上的行李往门背后一放，一双牛眼睛就在教室里面扫射。”“这一声排山倒海的‘老师好’吓得他悬在半空中的另一只脚不敢放下。”略带夸张的写实，带有人物个性化特征的行为、动作的描绘，能够达到以一当十的艺术效果。

万大刚是全矿出了名的“大掏耙”。

万大刚身高一米八，体重一百公斤，块头大，力气大，矿上发的标准掏耙，他说像个锅铲，只能挠痒痒，哪是干革命工作的态度？

他用废旧的铁溜槽烧了一个掏耙，比矿上发的掏耙整整大两倍。一掏耙扒下去，两吨左右的煤炭就顺着30多度的斜坡涌进了铁溜槽。他嫌戴手套扒煤不好使大力，就常年不戴手套，手上的老茧都有半厘米厚。矿上有心培养这个农民轮换工为采煤队的队长，76年推荐他到工农兵大学读书，学制两年。他又成了远近闻名的“万大学”。

但是，万大刚死活都不愿意去读大学。徐队长问他什么原因？他说，他从来没上过学。他私下里却跟工友们算了一笔账：每天少8角钱的井下津贴，少3角钱的班中餐，一个月要少30来元钱的收入。要知道，70年代，国家干部每月才27元工资。30元可不是小数目，可以养活一个家。由于万大掏耙的这点小九九，虽然开学几天了，他照样上班掏煤炭，没去学校。队长也因为他是扒煤好手，也懒得管他，照样派他的班。

学校责问万矿长：“为什么万大刚还不来上课？不同意井下工人读大学，可是政治立场问题。”

万矿长气急败坏跑到队里，把徐队长骂得狗血喷头。闻讯赶来的万大刚更是遭了个猫洗脸：“好你个万大掏耙，吃了熊心豹子胆，竟敢不服从组织安排？老子给你两条路：第一，立马跟我到小车房坐车到学校上课，毕业当副队长；第二，从今天起停工检查，每月只发15元生活费。格老子，我还治不了你？”

不要看万大掏耙平时牛得不得了，哪个工友工作不卖力他都像吼山一样的骂。今天，万矿长比他更牛。万矿长不但比他高比他重比他块头大，更要命的是万矿长是他的远房长辈，扇他两耳光，他也是“癞子的脑壳——没得法（发）”。

万大刚只好卷起铺盖卷跟在万矿长身后去了小车房。

学校不远，司机半小时就把万大刚送到了学校。万大刚一下车便风风火火地冲进教室，将背上的行李往门背后一放，一双牛眼睛就在教室里面扫射。司机告诉他，进教室后找空位子坐。通过扫描，下面的座位好像都坐满了。只有台上有个空位子。他想也许是给他留的吧？当他一只脚刚踏上讲台，台下的人齐刷刷地站起来，声如洪钟：

“老师好！”

万大掏耙生平第一次走进课堂，从来没有见过这么大的阵仗。这一声排山倒海的“老师好”吓得他悬在半空中的那只脚不敢放下。他扭头看见齐刷刷的人头齐刷刷的眼睛，脑壳一下子就懵了。

好不容易回过神来。他抓起地上的行李，飞也似的逃出了教室。同学们像突然明白了什么，万大掏耙的身后传来了一阵哈哈哈的欢笑声……

万大掏耙从教室出来后，悄悄溜回采煤队上班去了。不久又被“抓”回了学校。

有了第一次戏剧性亮相，同学们都不叫他万大刚，也不称呼他万大掏耙，更不叫他万大学，全都叫他“万老师”。五大三粗的他，对同学们的调侃一点都不在乎。要命的是上课，他啥都听不懂。一上课他就呼呼大睡。上一个月的课，他又逃跑了两次。当然，又被“抓”回来两次。这一次他生病了，吃不下饭，睡不着觉，吃药打针也无济于事，一直不见好转，人也瘦了20斤。学校只好叫矿上来人接他回去养病。

说来也怪，回到矿上，万大掏耙的病就好了一半。有一天他悄悄去给工友代班下井，出了一身大汗又好了一半。就这样，万大掏耙死活都不去上学了。他觉得那支笔比大掏耙要重好多倍。每天只要拿起他的大掏耙他就舒坦。

1976年10月，粉碎“四人帮”后，党中央调整了国策，推行“抓革命，促生产”的方针，全国各行各业掀起了盛况空前的大生产热潮！各种形式的劳动竞赛更是轰轰烈烈！采煤队组织了一个“青年突击队”。徐队长有心让万大掏耙当青年突击队的队长，又怕万矿长骂，就怂恿队的支部书记张大忠去请示矿党委书记。他想来个迂回战。

这一招还真灵。人家党委书记那是站得高看得远。他对张支书说，不参加考试由组织推荐读大学的制度是“文革”时期的政策，今后估计会纠正。再说，你们也看到了，要万大刚读书就是要他的命呀！这样，你回去对万大刚说，他把这个队长当好了，我就去找万矿长说情不“抓”他回去上课了。当不好，不干出点名堂来，我也救不了他，他只能回去读书。

张支书对矿党委书记的意图心领神会。回到队上板起一张脸对万大掏耙传达了党委书记的指示。万大掏耙一点不敢讨价还价。

万大掏耙当了“青年突击队”的队长，事事身先士卒，专干重活累活危险活儿。青年突击队成为全局的学习榜样，经常到各矿参加扒煤、支护、打眼、放炮的劳动竞赛和表演赛。而万大掏耙一天上两个班成了家常便饭。一年下来，万大掏耙出工 700 天，当年他还被评为重庆市的劳动模范。

据说，万大掏耙这个名字，在煤炭部都榜上有名。

水上漂

孙楚老师点评：

借着讲神秘的江湖武侠的一角，实际上让我们看到的却是一个关于河水泛滥的苦难往事。也许正是因为不断遭遇着这样的苦难，《水上漂》里的老人才会那么固执地相信世间有这样一种神奇武功，可以在水上行走如平地，可以搭救在水灾中挣扎的人们。这既是一种传奇，也是一种现实的苦情。如果不是洪水泛滥的逼迫，老人也许就不会对水上轻功有如此的渴望和迫切。这是用故事来讲述的曾经的一种现实。

嘟，嘟嘟嘟……

老年手机山响一样的铃声，吵醒了坐在沙发上打瞌睡的詹仲明。他眯着泡泡眼摸索沙发上的手机。

“爷爷，我相信您了，相信您了！”

“小明呀，把爷爷吓一跳。这么晚打电话，相信爷爷啥子了？”

“爷爷，又看电视睡着了吧？我都听到电视声音了。”

“问你相信我啥子了，调皮鬼。”

“您讲的故事呀，水上漂的故事呀。爷爷，我刚知道，你的故事是真的耶。”

孙子的幡然醒悟让睡意蒙胧的詹仲明为之振奋。他抓起茶几上的遥控板按灭电视，手机贴紧耳朵，生怕听漏了一个字。

小明压低着声音，绘声绘色地给他描述着。大意是在国外一个清澈见底的游泳池，水下和水上都放了几台摄像机；几个外国男女运动员在水下游来游去，证明池子里没支撑物；一个人居然慢慢地一步一步地从水面上走了过去；裤脚都没有打湿，那轻功太霸道了……

正听得带劲，手机里依稀传来儿媳妇训斥孙子的声音。詹仲明赶紧挂断电话，生怕被儿媳妇骂。他知道，小蛮孙又在做作业时偷偷玩手机看视频了。

“小蛮孙终于相信我讲的故事了！”詹仲民兴奋地在客厅里飘来飘去。

“那是发生在20世纪70年代一个端午节的故事。具体是哪一年我记不清了。天刚刚亮，我就下河挑水。河水怎么突然长高了两三米？昨天还清澈宁静的河水今天怎么就变得像滚滚黄河了？没有下雨，没有任何征兆呀。我把水桶‘哐’的一声丢到地上，一边高喊‘涨强盗水啰，涨强盗水啰’，一边扒掉长衣长裤，一个漂亮的飞燕栽进了洪水中……”

儿子一家人每年回来过端午节，他经常这样给小明讲这个故事。

“綦江河成S形穿城而过。我们的家呢就在S形的拐弯处的临江街。这里水面宽广又是个回水湾，每年的端午洪水都会送来很多树枝木棒之类的浮柴。临江街的居民用竹扒捞起的浮柴，能燃烧好几个月的柴火。我是綦江县（现綦江区）有名的游泳健将，两岁会游泳，四岁能快速横渡几百米宽的沱湾河段，七岁就获得全县‘庆祝毛主席畅游长江五周年游泳大赛’的第一名。所以，每年的端午洪水，我都跳到河里去捞大根的木棒。有时木棒太大，我拉不动，就在腰间系一根长绳，你大姑婆就把我和木棒拉到岸边。哪像你，都快十岁了，比那时的我都高了，还是个旱鸭子。”

每次讲到这儿，小明都会说，爷爷吹牛。

我刚捞了几根木柴，岸边已经站了很多拿竹扒的大娘大爷。看热闹的人也越来越多。

突然间人们惊叫起来。

滚腾的河中心，像洗脸盆那么大根的圆木，牵成串串从上游漂下来，有的还是好多根一捆。飘下来的还有完整的房顶。后来才知道，是上游老远的伐木场被强盗水袭击了。那么大一根根的木料，眼睁睁看着被洪水冲走，岸边的人怎么不遗憾。

我无心看热闹。我想多捞点浮柴，就可以少到山上去砍枯柴，就有更多的时间与小伙伴们在水中玩猫捉老鼠的游戏了。我又跳进水中，用蝶泳向几十米远的一根圆木扑去。我不用看就知道能抓住圆木了。我伸出右手张开手掌，一根软绵绵的棒子就送到了我手中。我知道，是旋涡翻腾起来的东西。我摇头抖掉蒙住眼睛的河水一看，是一只人手。

妈呀，是水打棒！

“我被吓得魂飞魄散，尖声惊叫，慌忙甩手，拼着命往岸边猛游。我坐在刚捞起的那堆浮柴上时，手和脚还像筛糠一样在不停地发抖。”

第一次讲到这里，小明被吓得抱住詹仲明不许他再讲。

“我被吓惨了。我不但好多年都不敢下水捞柴，就连贾道士教我的水下换气功也不学了。贾道士说，学会了他的水下换气功，就可以像鱼儿一样在綦江河底任意游走。”

小明几次都打岔说，在河底游走，爷爷吹牛不打稿子。

河岸又响起了一片惊叫声。我抬起头，看见一只大红木箱从上游漂下来。箱子里坐着一个哭泣的小孩。红木箱在那些快速下漂的大圆木中撞碰。每撞一下，红木箱就左摇右晃，岸边就传来惊叫。人们的心为小孩蹦到嗓子眼上了……

突然间，惊叫声戛然而止。

“一个瘦小的身影，像离弦的箭一样向河中心的红木箱冲去。岸边的人都捂住嘴屏住呼吸，好像一出气就会把飞奔的人吹到水里去一样。”

“人怎么会在水上飞呢，爷爷骗人，我不信，我不信。”记得第一次讲到这里，一旁看电视的儿媳妇扬起了巴掌，小明才没继续打岔。

一眨眼工夫，那个瘦小的身影就漂飞到了大红木箱旁。他抓起小孩，脚踏水上的漂浮物，又像蜻蜓点水一样漂飞回来。

咦，这不是贾道士吗？我从柴堆里站起来，却两腿无力跌倒在地。等我好不容易挤进围住贾道士的人群时，小孩已在大妈怀里睡着了，贾道士却不见了。

“贾道士在不久的夏夜又出现在我面前。他总是神不知鬼不觉地出现在我面前。当时我正在河里戏水纳凉。贾道士问我，抱着石头在水里能闭几分钟气？我说，没练。他摇摇头，说，你不学水下闭气，就学不会水下换气，我又怎敢教你水上漂呢？他闭目扬头，长叹一声：唉，一切随缘吧。他摸出一本书说，好好读书吧，看懂这本书的十分之一，你就能在水中任意救人了。说完，他慢慢向河底走去，再也没有来找过我。”

“爷爷，那本书呢，我不学游泳，学水上漂更霸道。”

“那是一本黄色牛皮线装书，只有你课本的一半大。毛笔繁体字我好多都不认得。现在只依稀记得书中最多的那句话是‘太上老君，急急如令’。其他的都不记得了。好像是第二年还是第三年，綦江河遭遇百年不遇的大水，我们的家同临江街的好多房子都被洪水冲垮了。那本书也被洪水冲走了。”

“爷爷，你骗我，肯定是骗我……”

詹仲明回忆起上面的情形，眯起那双泡泡眼在客厅里摇头晃脑飘来飘去。因为，这段讲过多次的故事，小明今天终于相信了。那是他一辈子的荣耀也是他一辈子的遗憾呀！

哼！外国人的轻功算哪根葱？哪赶得上我们沱湾的水上漂？还慢慢地一步一步地在水上走，那还能救人吗？虽然我不会水上漂，在水中也救过好多人，都是快如闪电，火急火燎而为之，好几次连皮鞋都没来得及脱，就栽下水救人了。他们那功夫能行吗？

外婆说过

秦德龙老师点评：

是因为听外婆说过，鬼这个东西，你不怕它，它就怕你。你要是怕它，不管你躲到哪儿，它都会抓到你。何况老师也说了，那不是鬼火，是棺木磷火。但是，有一天，他却遇上了。

陶小明绘声绘色地给外婆讲他遇到“鬼”的故事。外婆从凉椅上站起来摸着他的头：“我的小乖乖，幸好你冲上去解开了‘鬼谜’。否则，你会受害一辈子，我更要后悔一辈子。”外婆在他嫩嘟嘟的脸蛋上捏了一下说：“这下外婆对你可就放心了。”

这样的结尾很好，既符合规范，又很自然。

陶小明成熟了。

马尔克斯说，小说是用密码写成的现实。一个小说家最正确的动作之一就是耳语，用一个最亲密的距离向人诉说自己内心那些关于时间的记忆。

天还没有亮，陶小明就往棺山坡那条羊肠小道上跑去。

翻过棺山坡，他能提前半小时到学校。昨天最后一节是体育课，和同学打篮球到天黑就回家了。今天一起床，他才想起今天该他轮值。他必须在早晨7点半以前，把黑板擦干净，把地扫干净，把桌椅对整齐。否则，影响了同学们的早自习，他这个劳动委员就别想当了。

棺山坡到处是坟堆，甚至很多腐烂的棺木，在夏天的夜晚晃动着绿幽幽的鬼火，与萤火虫闪动的光亮一样一样的。外婆说过，鬼这个东西，你不怕它，它就怕你。你要是怕它，不管你躲到哪儿，它都会抓到你。何况老师也说了，那不是鬼火，是棺木磷火。所以，一到夏夜，他和小伙伴们经常来这儿捉好多的萤火虫。他从没担心过，会在棺山坡遇到鬼。

跑到半山腰，累了，蹲下喘气。又站起来，抬头，迈脚奔跑。但是，他抬起的那只脚没有放下去……

朦朦胧胧中，他看见离他不远的前方，有一个白影在晃动。那白影越变越高，越变越大……他全身的汗毛都立起来了。寒气瞬间从每个毛孔里冲出来。他浑身战栗，两眼模糊，从脑海中冲出那个字来："鬼！"

本能让他把迈出的那只脚旋转180度撒腿回跑。但刚转身却僵在那里。外婆说过，人是跑不过鬼的。也许自己还没有跑到山下，就被鬼抓回来了。怎么办？他的脑海中又响起了外婆的话：胆大漂洋过海，胆小寸步难行。他现在就寸步难行。突然，他发现，刚才转动时，速度太快，衣兜里有一个硬物把他的左手碰得生痛。他迅速把左手伸进衣兜。是一把折叠的水果刀。他顿时惊喜：有刀，我怕什么？！用它跟鬼拼个你死我活。

他用尽全身力气，把小刀在空中一甩，弹出三寸长的刀页。刀页闪闪发光。这闪光，给了他又一种力量。他猛然转身，看都不看，拼命向山上的白影冲去。

奇了怪了。

刚才还变大变高的白影，由于他勇敢的冲锋，现在又开始变小变矮了。外婆说得太好了，狭路相逢勇者胜，鬼都被自己的刀吓坏了！这更增添了他向前冲锋的勇气。仲夏的黎明，高低不平的山路上传来清晰的噔噔噔的跑步声。

那白影听到跑步声，转过身，见一个持刀的影子冲来，一抬手“哗啦”将一铺草帘挡住了陶小明的视线。陶小明不管三七二十一，手中的小刀猛然向草帘刺去……

“你……你……要干什么？”

“杀——死——你！”虽说陶小明的话在喉咙里变了调，但却混沌有力。

“我……我……没钱。”

陶小明收回挥舞的小刀，用另外一只手揉了揉眼睛，细看面前这个跟他说话的鬼。

岁数有点大，跟外婆差不多。白色的对襟衣服敞开着。被他划了一刀的草编凉席掉在了地上。

“你……你不是鬼？”

“我……我哪像鬼？”

“我看见，你一会儿高，一会儿矮；一会胖，一会儿瘦，我以为遇到了鬼。吓死了。”陶小明的话语中减少了惊恐。

“这山路，一上一下；这风，一会儿吹一会儿停；天又没亮，又有雾气，当然看不清。”老人看着陶小明的学生装也平静下来。

原来，为了防止要收获的玉米被山鼠和黄鼠狼偷吃，这个时节，老人都要值夜，像小明做卫生轮值一样。他值完夜卷了草席回家，以为遇到了抢劫。

一老一少有点尴尬的笑声迎来了天边的鱼肚白。

放学回家，陶小明绘声绘色地给外婆讲他遇到“鬼”的故事。外婆从凉椅上站起来摸着他的头：“我的小乖乖，幸好你冲上去解开了‘鬼谜’。否则，你会受害一辈子，我更要后悔一辈子。”外婆在他嫩嘟嘟的脸蛋上捏了一下说：“这下外婆对你就放心了。”

抓纸块

刘勇老师点评：

《抓纸块》通过一个场景描述，最终让警察给“搅局”了，给老街留下迷茫。这个迷茫的设置很好，留下了我们值得深思的问题。文中设计让警察降临，在赌徒看来是“搅局”，其实，作者把正能量的因素引入文中了。用“搅局”这个词，看似老土，其实是一种无奈，一种邪不压正的无奈。《黄帝内经》有言：“正气存内，邪不可干。”“邪之所凑，其气必虚。”指一个人体质强健了，疾病自然不会来干扰。好作品也一样，正能量满满的，赞声自然会经久不息。

老街茶馆来了三个煤老板，50 出头，一胖一瘦一矮。百无聊赖的他们很快侃到了赌博。

一提到赌博，瘦子把刚碰到嘴边的茶杯一放，那双本来没精打采的眼睛顿时闪烁异彩，眉飞色舞起来。

“我说哥们，以前我们赌钱，不是在牌上留暗记，就是偷牌、藏牌，很伤兄弟伙的和气。我想了很久，只有我们小时候抓纸块的方式最公平，无法作假，是钢钎对二锤，硬斗硬。”

说着说着，他从裤包里抓出一叠百元大钞，演示了抓纸块的游戏。

瘦子的演示，迅速激活了胖子和矮子的记忆神经。小时候，他们经常把一张张废旧书本折叠成约三厘米宽十厘米长的纸块论输赢，以此消遣娱乐。

“抓抓纸块？”

“整两盘！”

“要得！”

几个无所事事的土老财说干就干。

胖子喊：“藏梢！”

瘦子把手伸进裤包。

矮子把手伸进手袋。

“亮梢。”

胖子拿出了二万多元，瘦子拿出了一万多元，矮子拿出了约一万元。

“不用数了，凭堆头，我多，该我先来！”胖子把二人手中的钱抓了过去。

胖子伸出右手，把约五万元的百元大钞平放到手心上，钞票已超过了手腕。他用四个手指勾住钞票，右脚前移半步，两腿慢慢下蹲，屏住呼吸，将手中钞票向上空轻轻一抛，迅速翻转为手背，钞票便稳稳地落在了他的手背上。他长出一口气，眼睛一动不动盯住钞票，慢慢站起，屏住呼吸，将手背上的钞票再次轻轻向空中一抛，右手以迅雷不及掩耳之势从钞票下抽回并伸向钞票上面，身体前倾，右手指成钩状，约五万元钞票被他牢牢地“瓦”在手腕上。

胖子哈哈大笑。因为，一瞬间他就赢了几万元。

“再来！”“再来！”瘦子和矮子怎肯罢休。

三人暗暗加码。瘦子加到了约四万元。矮子加到了约三万元。胖子却把刚才的约五万元全部“亮梢”。又该胖子先来。

“真晦气！”

瘦子和矮子一脸的沮丧。

胖子又开始“瓦纸块”。他将约十二万钞票放到手心这一面，钞票已摆到了手肋内侧。他向上一抛，在钞票落向手背时，上部的钞票就向右滑落。他赶紧将手背向左倾斜想保住上部滑落的钞票，下部的钞票又向左滑落。结果，钞票从左右两边全部滑落。

“哈……哈……哈……这回该我来了！”瘦子高兴惨了！

瘦子把钞票在茶桌上叠了又叠，压了又压。他在寻思，要把十二万钞票全“瓦”过来，手板手背都是不听使唤的。要像小时抓纸块那样，懂得取舍，在手背上保留三分之二才有把握。留几万元给矮子吧。你看，他那眼睛，好绿。

想明白了，他才拉开架势。弯腰，下蹲，闭气，轻抛，翻手。奇了怪了，钞票全部稳稳地落在了手背和手杆上。

瘦子矛盾了。

本来，他想吸取胖子的教训不全部要。现在看来可以通吃，十多万元呀，马上是煮熟的鸭子……

他慢慢站起，准备全部干掉。

在他慢慢站起的时候，小时候抓纸块的过程又浮现在眼前。纸块少，随意抓。纸块多，就要瓦。这是一个经验活儿。手掌要与手肚脐平行，用力要恰到好处，才能压住纸块。用力大了，纸块要爆落，用力小了，纸块要滑落。好多年没玩过这个游戏了，肯定掌握不了火候。还是不要冒险吧，否则，像胖子一样，一个子儿都得不到多冤呀！

于是，他又慢慢下蹲，决定把钞票拱落一部分。

在瘦子犹疑间，茶馆围观的人开始起哄了：“快点整撒！全部整撒！”

人们一起哄，瘦子又拿不定主意。他又慢慢站了起来。

“吼啥子吼？钱输了你们赔嗦？！”矮子没好气地向乱哄哄的人群甩了一杠子。

眼看该轮到矮子“抓纸块”了，他怕因为人们起哄，瘦子来个一锅端，一个子儿不给他留。

矮子的鬼火刚冒出来，茶馆老板娘撑着雨伞慌慌张张地跑进来沙声哑气地喊开了：“有人在打电话举报，说茶馆有几个煤老板在赌大钱，公安局马上要到了，你们快点跑啊！”

胖子和矮子同时在瘦子手背上抓了一叠钱，顾不得街上的瓢泼大雨，来了个稀里哗啦，转眼间没入雨中，不见了踪影。

雨水打在老街的石板路上，溅起无数的水雾，古老的街道一片迷茫。

大双和小双

陈玉兰老师点评：

假作真时真亦假，无为有处有还无。此文利用“调包计”，大变小，小变大。诚实是此篇的主题。假的装的，叫人难受，如坐针毡，如芒在背。大双小双的还原道出了一种制度下的真正的情与爱。本文立意健康，所谓健康，就是保证小小说的思想观点和感情正确，要体现一定的思想意义，能给读者以鼓舞和启迪，这是本文可贵之处。

自从舅舅做出决定，没考上大学的小双顶替大双上了西南财经学院，大双以小双的名义复读后，这对孪生姐妹的生活就被彻底颠覆了。

小双用大双的录取通知书到学校报到后，处处小心翼翼，还是经常出差错。老师在课堂上点名“吴大双、吴大双”，她常常愣在座位上不知道回答；同学们“吴大双、吴大双”的招呼她，她经常要迟疑后才急急忙忙地回答。同学们看她神经兮兮的样子，很是奇怪。

老师同学叫她吴大双是必须的。但妈妈姐姐也叫她大双，她就不适应了。最气人的是，她们一会儿叫她大双，一会儿又叫她小双，有时弄得她也不知道自己究竟是大双还是小双了。为此，她跟妈妈姐姐争吵好多次。她还把刷牙的杯子都甩烂了。

她好几次在电话里对妈妈说，不读了，不读了，不叫吴大双了，我要叫回吴小双。

妈妈在电话中又哭又骂：你舅舅千叮万嘱，千万不能露馅。一旦露馅就会彻底完了。这是冒名顶替，是弄虚作假。你和大双都会永远失去读大学的机会呀……

妈妈的哭述让小双浑身无力，手机也滑到了地上。她也懂，像她这种普通人家的孩子，大学那扇门不可能随时向她敞开……

大双在开学前的一个晚上到班主任吴老师家，说明要复读的想法。

吴老师像大姐姐一样把她抱在怀里，用手轻轻拍打着她的后背说，大双啊，你是我们年级的尖子生，是我们班的骄傲。知道你考试晕场，我都急出了眼泪。你没有考上重本真是太可惜了。

平时就对大双关爱有加的吴老师，对大双亲切得不得了。

看着转身为自己倒水的吴老师，已坐在沙发上的大双，满脸涨红，怯生生地说："吴老师，我不是大双，我……我是小双。"

"小双？"

大双的声音小得几乎连猫都听不见。吴老师用怀疑的口吻重复着大双的话，转身盯着大双。眼神游离的大双心慌意乱，赶紧低头。

"哎哟！"溢出水杯的热水让吴老师轻叫一声。

"老师，烫着了？"大双从沙发上惊起。

"没……事。"

吴老师没有将水杯递给大双，而是放到茶几上，顺手拾起茶几上的身份证，看了很久很久……

大双像一个犯错的孩子，一直站着，低着头，两只手在裙摆上捏着搓着。

吴老师"唉"地轻叹一声说："你坐下吧。吴小双的成绩不能读我的尖子班呀。"

吴老师把身份证递给大双，继续说道：“你去读陈老师的平行班吧。”吴老师默默地看着吴大双。

走出吴老师家的一刹那，大双盈在眼眶里的泪水像决了堤的洪水滚滚而下……

这天早晨，高三女生宿舍的同学们都去教室了，大双才被电话吵醒。她懒洋洋地从床上摸索了电话，传来小双的声音：“姐，我受不了了，我要崩溃了，我不做吴大双了，我要做回我的吴小双！”电话里传来小双的哭声。

大双翻身从床上坐起。

“姐，我不贪玩了。我一定好好读书。我们换回来吧。你来读大学，我来复读，我明年也考这个学校。那时再告诉妈妈和舅舅。姐，我再次求求你了……”

第二年的秋天。西南财经学院校门前那两棵高大茂密的榕树生机勃勃。树下站了两排穿着整齐校服挎着大红绶带的男女同学。绶带上“欢迎新同学”的金色大字在晨曦的照耀下闪着星星点点的光芒。

一个女同学拿着大红绶带跑到吴大双面前说：“快，去换衣服，加入迎接新同学的队伍。”

妈妈和舅舅把手里的行礼提得老高，左看看右看看，问大双和小双：“你们谁是大双？”

大双和小双同时洋溢出灿烂的笑容，指着对方说：“她，她是大双！”

胎　教

陈玉兰老师点评：

《胎教》讲了一个很诙谐的故事——胎儿在娘肚子里练跑步。让人啼笑皆非和感到滑稽之余，发人深省。小说一开头并没有用过多笔墨描写如何胎教，而是写父亲忍着浑身疼痛跑步。“你没有跑过外国人，估计是你上学才开始锻炼。我现在要让你的儿子从胎儿就开始锻炼，让你儿子像刘翔那样跑赢外国人。”妻子寥寥几句道出了胎教的缘由与动力。结尾既要出人意料又要在情理之中，方能让人感叹。作者做到了。小小说讲究压着写。一个秘密，到最后才揭开，这是最好的。

梁子蹑手蹑脚离开卧室，生怕惊醒了有 4 个月身孕的老婆。

每天一个半小时的晨练，不管春夏秋冬还是刮风下雨，是作为体育老师的他雷打不动的习惯，即使昨天参加了在小城青山湖举行的国际跑步节。21 公里的马拉松赛已使他浑身疼痛，他也不赖一天床。

已是中秋时节。天还没有亮。广场上有了很多挥剑舞拳的晨练者。他试图像往常一样，用轻快的小跑穿过广场，穿过步行街，在体育馆健身步道热身两圈，再用6分钟登上步天梯，在公园的健身器材上挥洒20分钟的汗水，完成他的晨练任务。但他刚跑两步，小脚肚像灌了铅一样的重。他只得放弃跑步慢步行走。

哎，那些年在体校时，不知拿过多少奖项。没想到昨天不但没有拿到5万元的一等奖，今天走路还像薅秧子一样左晃右摆。还是体育老师嘞，他自嘲地摇了摇头。

体育馆健身步道是围绕鸟巢游泳馆、足球场、室内赛场和露天羽毛球场的环形步道。6米宽，绕场一周1.7公里。他发现，今天在健身步道上的晨练者比昨天多了不少。跑步者只能左拐右绕地躲避步行者，很多跑步者跑到足球场里面的跑道上去了。看来，小城民众受昨天国际跑步节的感染，更多的人加入了晨练的队伍。

他走得慢，不时有三三两两的人超过他。人们都在谈论昨天跑步节的话题。

"听说央视名嘴白岩松都来参加跑步了！"

"跳水女皇高敏也来了。"

"还有奥运举重冠军石志勇哟。"

"还有不少外国人。"

"据说1000多人参加了赛跑。"

"看的人才多哟，挤都挤不进去。"

"这下万盛青山湖要火爆了。"

……

提到名人，梁子就扬起了眉毛。很多人找白岩松找高敏找外国人签名，他却一心想跑第一名，想用奖金买学校附近的房子。谁知只得了个纪念奖。签名的机会也错过了，不能在将要出世的儿子面前显摆了。真是。

天边已从鱼肚白变成了鱼鳞红。又是一个秋高气爽的艳阳天。

梁子已走到了露天羽毛球场。远远望去，几十个羽毛球场人头涌动，不时传来扣杀的吼声。别看万盛是个小城，却是闻名全国的羽毛球之乡嘞！梁子失落的心情被羽毛球场的扣杀声冲淡了。他绕过羽毛球场，直奔公园天梯。

昨天还两步两步地往上冲，今天一抬脚腿却像生了锈的剪子一样打不开了。他用了十多分钟才登上了天梯，比平时多耗了时间不说，头上的汗水还吧嗒吧嗒地掉。看来，今后要增加运动量，才有可能在下个赛季拿奖。

“年轻人，听说你参加昨天的跑步赛，得了奖没有？”

刚刚来到公园器械运动场，87 岁的杨老先生就满脸堆笑着问梁子。老人家转动着太极机，湿透的汗衫紧贴在胸膛上。

“你看他走路硬起个脚杆，估计没有得奖。”

“开玩笑，外国人吃的是什么？我们吃的什么？哪个累得赢他们嘛！”

“黑人的身体素质本来就好。”

在臂力机、仰卧机、引体器等器械上运动的老熟人在打诨开玩笑。有的在为梁子打圆场。梁子呵呵苦笑两声算是跟老熟人打招呼。

“外国人有什么了不起？今后我们肯定超过他们。”这时，从梁子看不到的树木背后传出一个熟悉的女声。

“老婆，你怎么也来了？你在怀孕哒嘛！”

“你没有跑过外国人，估计是你上学才开始锻炼。我现在要让你的儿子从胎儿就开始锻炼，让你儿子像刘翔那样跑赢外国人。”

“什么？”

梁子被一片嬉笑声搞得很窘迫……

发廊妹

孙楚老师点评：

误解手法是闪小说中常用的技巧之一，它可以很好地营造出氛围，产生情感意识上的猛烈冲击。《发廊妹》里采用的就是这种技巧。随着真相的揭示，原本的见义勇为突然成了参合他人家事的鲁莽之举，理直气壮变成了哑口无言。情景错位，让人莫衷一是。这样是是非非混在一起，对错一时难辨。这种愕然和纠结，就营造出了阅读的张力。

“哎哟！哎哟！”

我被楼下发廊妹的叫声惊醒。

我推开窗，压低声音对楼下喊：“夜半深更了，你们小声点要得不？我们明天还要上班哒嘛。”

声音消停了。沉闷的夏夜热浪向窗内拥来。赶紧关窗。

好不容易从惊扰中入睡，楼下又响起惊叫声。

我一个翻身，将窗子“叭”的一声掀开吼道：“下面的，不听招呼嗦？！”

“看嘛，看嘛，住户都生气了。大哥，不要闹了，好不好？”

借着发廊的霓虹灯，我看见一个女老板在围观的人群中，阻止一个小青年拉扯发廊妹。

原本对惊扰瞌睡的声音非常反感的我，见坐在地上衣不蔽体的发廊妹，顿时就把怒气转移到小青年身上。心想，发廊妹熬更守夜找点辛苦钱，还要受这些小混混的欺负，这是为了哪一桩哟？

我摇摇头轻轻关上了窗户。

“哎哟、哎哟哟……”

我刚转身，楼下的发廊妹又呼天喊地地惊叫起来。感觉是小青年在用脚猛踢发廊妹。

一种愤怒和对发廊妹的怜悯让我冲下楼，将一米八的“铁塔”往小青年面前一站，破口大骂：“你个傻儿，招呼你几次都不听，硬要跟老子作对嗦？”顺手一拳头甩了过去。小青年后退几步倒在地上。

发廊妹冲到我面前，猛推了我一把责备道：“他是我男人，你干吗打他？”

划破夜空的灯光

秦德龙老师点评：

《划破夜空的灯光》写出了人性的深度。

所有深刻的思想，都与激情相伴。

宁静的地方，空间才会开阔，思想才会自由。“我”的身体可以不动，眼力有限，但是，遐想可以无岸，思想可以辽阔。

作家必须有思想。这个思想含量的大小直接决定着你那个作品含金量的大小。

思想是没有边际的。人类是思想的动物，人类越是发展，越是思想的动物。人的一生，是在思想战线上游移的一生。托尔斯泰等，都是伟大的思想家。

人的思想是一条河，根植于他的内心深处。一个人从事文学艺术，如果没有重要的想法的话，我就非常怀疑他的行为价值。

“谷口河怎么走？”

吕小丰刹住自行车，就听到一个急促的询问声。

一点礼貌都没有，还求人问路，他没好气地抬起头……

平交道的中间站着一个瘦高的女孩。两条细长的辫子搭在陈旧的白衬衣上。水银灯的白光让她脸色苍白而茫然。

“我火车坐过了站，往回走，这里两边有公路，不知该走哪。”

“顺着铁路走，两小时到谷口河。从这条公路走，两个半小时。”

她寒碜的样子让吕小丰责备的话到嘴边都收了回去，还为她比画了线路。

她“哦”了一声快速转身离去。

他没好气地蹲下身，用手捏着车胎，心里骂道，谢谢都不说一声，等你在铁路上遭遇坏人……

“喂，回来！”

他一呼叫，就听到鞋子在铁路枕木上像打鼓一样咚咚咚由远而近：“怎么了？”

“前几天铁路上出过抢案，不安全，你走公路吧，公路有路灯。”

他继续检查他的自行车漫不经心地回答。

“我……我，不识路。”

“穿过万盛走几公里就到谷口河了！”

“哪里是万……万盛？”

“你多大了？”

“十五。”

“唉，真是。”

小丰抬腕看了看手表，快零点了。初夏的夜风让他打了个寒战。

“我送你到谷口河。”

小姑娘仍然没有说句感谢的话，只急于笨拙地坐上自行车货架，紧紧抱住他，生怕被甩下来一样。看来她是第一次坐自行车。

吕小丰是距平交道几公里远的十八中的高中生。老师把几个成绩中等的学生留下来补习，是希望一个月后的高考能多考上几个学生。今晚补习回家，没想车胎漏气，还摊上个没见过世面的乡下女孩。

小丰有气，也不同她说话，只想尽快把她送到谷口河交差。但第一次被女孩子紧紧抱着，让他想起班上的女同学搭他的车，都是侧身而坐，碰都不碰他一下。大概是自己成绩平平不吸引女生，女孩的紧紧相抱，让他有了一种既温暖又说不出的感觉。

他想起了刚才在学校树下听到两个夜归女生的对白。一个问：“吔，今晚坐车你都没钱，现在有一百元？我都只得了五十元小费。”另一个抬头向已灭灯的学校扫描了几眼，压低声音说：“那个客人非要摸我的胸，说多给五十元，我就让他摸了。”

这些年，小城的歌舞厅和夜总会风起云涌，成绩差的女生悄悄去当坐台小姐已不是秘密。他经常碰到夜归的女生。

不知道是被女孩抱得太紧，还是车胎缺气，没多久，吕小丰大汗淋漓。

到了一个上坡，他实在骑不动了，才叫女孩下车。其实，他巴不得让她一直抱着。他推着车瞟了一眼，女孩已被子夜的凉风吹得上牙打下牙。

“水井！这里我来过！”

刚走完上坡，女孩就惊喜万分。她紧跑几步，躬身在水井伸出的铁管下“咕噜咕噜”地猛吸。

女孩贪婪地吸吮着井水，短小的白衬衣滑向了颈部。小丰撑好自行车脚架，抬头看到她白生生的后背，有了一种异样的感觉。

女孩喝足了，扬起头说：“大哥你也喝点。”她看到一双怪怪的眼睛。

公路上没有行人没有车辆，静得能听到对方的呼吸。她隔着自行车对他说：“我找得到回家的路了，我走了。”说完便转身。

“你不、不感谢一下我？你一直没有感谢我。”

吕小丰的声音有点发抖，说话上气不接下气。

“我……我已没钱了……”她低下了头。

“不要钱……摸摸……”

“摸摸？”她抬起茫然的脸。

“就……就摸……摸。”

她疑惑不解又低下了头。

他快步绕过自行车，深吸一口气想控制自己的心跳，心跳却更加剧烈。他把颤抖的左手扶住自行车不让自己漂浮，伸出剧烈抖动的右手向女孩陈旧的白衬衣摸去……

突然，一束强烈的白光横扫寂静的夜空，他惊慌缩回了手。一辆汽车呼啸而过。

他眨眨被刺痛的双眼，对仍然低着头的女孩说，你快走吧。

他在女孩茫然转身离去后，从身体里长长地吐出一口恶气来。

夏夜好清新好宁静。

平交道

刘勇老师点评：

全文结构合理，语言自然沉实。

文中用大量文字描述对城市能源的担忧，成为引发乡愁的一个音符。在乡愁背后，是一批仁人志士的担当。冉俊杰就是作者所要描述的志士。正是这种民间“英雄”的责任和担当，让我们的社会更美好。文章是充满正能量的。

文章最后通过一个段落，预示着小城的美好，这种美好是一种期待，更是一种守望。作者用浪漫启迪着未来，激发着小城的活力。“春天的阳光对一切都是公平的。不管是昔日的小城还是今天的经开区……”阳光下，未来是有暖度的，充满着希望。

冉俊杰驶过清水桥，将宾利豪车停在铁路平交道的沙堆旁，3 岁的外孙女就迫不及待地嚷着要小保姆带她去沙堆。

今年的春天特别早，特别热。连续几天的春日阳光不但催生着万物，也把清水桥铁路平交道堆放的施工河沙晒得发白发亮，成了小孩子玩耍的去处。今天，冉俊杰专程带外孙女来玩沙。沙堆上已有几个小朋友挥舞着五颜六色的塑料铲在打沙仗。

清水桥铁路平交道是重庆南方小城的交通要道。两组铁路为南北走向。一组是小城的大动脉，每年数千万吨的物资由它运进运出。一组是清水桥铁路货场的转运支线。公路为东西走向，与铁路十字相交。

平交道东面通过长 25 米宽 5 米的清水桥连接小城主公路。西边除三所学校外，还有某国企的第二大煤矿和家属区。曾经，车水马龙的火车运输与汽车运输使清水桥平交道一派繁荣。

冉俊杰下车，点烟，看着阳光下已锈迹斑斑的几条铁轨，百感交集。

几十年来，小城每年上千万吨的煤炭通过这排铁轨运往全国各地，支援国家建设。而今，国务院把小城定为资源枯竭转型城市，小城向煤电一体化和旅游业转型。国家投资几十亿元新修一条铁路，使小城工业园区与渝黔铁路接轨，用“三万赶”铁路取代小城的“三万支线”。小城火车站西移 10 公里。这几条铁路不久就将完成它的历史使命。平交道不但见证了小城几十年的兴旺与繁荣，也承载了小城几十年的发展史。更关键的是，这些铁道是他从一个挖煤工变为亿万富翁的功臣！

手机的震动打断了冉俊杰的思绪。常年法律顾问刘律师告诉他，经开区北段公路有一个 500 万元的捐资合同要他签字。他叫刘律师到平交道来。

冉俊杰个子不高，50 开外，身板壮实。那双金鱼眼睛闪动着智慧。国家把小城定为转型城市后，他采纳了智囊团的建议，在前几年煤矿效益如日中天之时，以 1 亿 2 千万元的高价卖掉了最后一个小煤矿，从山西、陕西、贵州买优质煤供应重庆市场，从生产经销商变成了专业经销商。市外煤含硫低，发热量高，适应市政府对环保的要求。重庆几家电厂争相与他签供煤合同。市领导还为他们公司到铁道部争取铁路运输计划。有一年，他向重庆市场供应了 150 万吨市外优质煤，得到市政府嘉奖。他可是名利双收啊！在转型经营上他是一枝独秀。

冉俊杰在思考他的远景规划：重庆电厂、九龙电厂、恒泰电厂迁入关坝工业园区，新铁路通车后，他要从现在每年向关坝供应几十万吨市外煤增加到每年几百万吨！他要把自己从以前小城的产煤大户卖煤大户变成供煤大户，支援小城建设，回报父老乡亲。

同行说，矮子心多！胖子心大！他又矮又胖。看来，他今天的真正目的不只是陪小孙女玩沙，而是向让他发迹的那几条铁轨告别，是思索他的宏伟蓝图！

冉俊杰坐在沙堆上想他的心事。小保姆指挥他的小孙女，把沙铲到塑料桶内，又慢慢地倒出来，堆成一个一个的小沙丘。

刘律师的保时捷一溜烟驶到了平交道。他看到冉老板坐在沙堆里，也深一足浅一足地来到冉俊杰身边，一屁股坐到沙堆上，摘下头上的鸭舌帽，一股汗气从他稀疏的头发里飘散开来。

“冉总有雅兴晒太阳？”

冉俊杰递烟点火，口中连说老刘辛苦陪陪小孙女，并接过文件夹在捐款合同上签了字。

刘律师眨巴眨巴那双将军眼，从冉俊杰的眉宇间看出了他怀念旧铁路的情怀。

20年前的一件事闪现在刘律师眼前。

一个大雾的早晨，冉俊杰的三弟俊华从煤矿运煤到清水桥货场，由于刹车失灵，从50米的坡上冲向平交道，正好与行驶的一列火车相撞。汽车被撞飞20多米。冉俊华受重伤。火车晚点十多个小时，造成重大铁路交通事故……

刘律师眨眨眼，迅速回转思绪，语气轻松地说道：“应该感谢冉总。要不是你联系人大代表，多次提交议案，立交桥不会在20世纪末通车。否则，清水桥平交道还不知要出多少事故！”

刘律师建议他在今年的市人代会上准备好两个议案。

冉俊杰只是点头，不插话。

刘律师毕竟60岁的人了，没坐一会，太阳已把头上的汗水晒干了。他戴

上鸭舌帽，准备离开。

冉俊杰起身相送。

冉俊杰送走刘律师，刚一转身，几十米外的一个“亮点”吸引了他。

一位小巧玲珑的姑娘，穿一件粉红色的高领毛衣，右肩挂一个白色坤包向几米远的工程专用钢架房快步走去。从钢架房二楼走出一个穿蓝色工装的小伙子，左手拿一个黄色安全帽，与急匆匆走上楼的小姑娘正好相遇。小姑娘嘴里喊着什么，一把抱住小伙子。小伙子将左手伸直，不让安全帽碰脏姑娘的衣服。姑娘肩上的白色坤包随着惯性晃来晃去，反射的太阳光正好在冉俊杰眼前晃荡！

一对久别重逢的年轻人，在春天的阳光下演绎他们的浪漫爱情！

受年轻人的激情感染，冉俊杰心生感慨：春天的阳光对一切都是公平的。不管是昔日的小城还是今天的经开区，不管是富贾商人还是农民工，不管是3岁顽童还是花甲老人。

乡　愁

司玉笙老师点评：

乡愁是一个民族的记忆，也是一个人永远的回忆。作品中主人公想在这雾气弥漫的早晨寻找“一个宁静的世界”，可时过境迁，家乡发生了巨大的变化，“物非人是”“雾里看花”。

作品通过主人公的所见所闻，表现了现实和记忆中的巨大反差。这淡淡的乡愁寄托的是对芸芸众生的关爱，是人性之美。尽管主人公在“不注重食品卫生”的路边粥棚用餐时看到那只苍蝇，尽管被小菜贩“给了不好看的脸色”，可那都是一种真实的“乡音”。

天还没有亮，陈瑜就在迎宾大道上散步了。哎，在外拼打了几十年，今天终于可以在老家闲逛了。

山的那边原本有一条公路。由于它经常滑坡堵塞，影响了小城经济的发展。据说政府卖了很多年的土地才筹齐了资金，在山的这一边修了这条迎宾大道。俗话说得好，要想富先修路。

晨雾弥漫了天空弥漫了大地，也弥漫了这条宽敞而崭新的柏油公路。公路两旁弯弯曲曲星星点点的路灯向前方缓慢延伸，仿佛是要去迎接天空中那

颗若隐若现的启明星。

公路隔离带的另一边偶尔有一辆小车在下坡减速带上“乒乒乓乓”地飞奔，摇摇晃晃的灯光打破了迎宾大道的宁静。

陈渝漫步到坡顶，身上的汗水就像穿透雾霭的晨曦，慢慢地浸染衣衫。居高望远，家乡仍然是一个宁静的世界。

老公路的岔路口已经变成了一条高速路的入口。比迎宾大道更宽敞的高速公路同以前的国道在这里双双并排延伸向遥远的南方。岔路口那条通往小城的狭窄公路已被封堵。从一块锈迹斑斑的路标得知，要右拐绕道通过钢厂才能回小城。

钢厂以前是小城最大的企业。数千人的国有企业为小城带来了繁荣和兴旺。据说前年因总厂搬迁，小城这个分厂也迁往他乡，留下了一些退休职工。陈渝心想，也好，几十年没有去过钢厂了。

通往钢厂家属区是一条年代久远的水泥路。两边人行道上高大茂密的榕树和黄葛树即使是冬天也把整个路的上空遮盖。树干挺着粗大的胸脯，仿佛在向路人昭示自己曾经的强壮和辉煌。略高于公路的人行道不但长满了青苔，而且坚硬的水泥地已被倔强的树根活生生地拱破成七块八块。两颗大树之间的粗大树根在人行道上紧紧地缠绕。它们仿佛是脚靠脚手牵手的守护神，保护着一个曾经闻名的园林式企业不受外来势力的入侵。

没有粉刷的五层红砖房随山形东一栋西一栋地摆在生活区的山冈上。楼房锈蚀的防盗网上七零八落地吊着被风雨吹坏的雨篷。楼房下面的坡地上到处是红红绿绿的塑料垃圾。一栋栋破败的楼房里偶尔还透出一两处微弱的灯光来。

路边一个拐角处有一家篷布搭成的早餐店。陈渝是早餐店迎来的第一个顾客。他要了玉米粥和馒头。

瘦高的老板娘刚要将玉米粥放到桌上，一只飞虫撞进了粥里。她用手指把飞虫从粥里弹出去，说，你是外来客，给你说说，稀饭两元管饱，馒头一元三个，泡菜不收钱。

陈渝接过玉米粥在想，看来这里除了没有了以往的辉煌，生活理念也离城市的要求相去甚远。饮食老板居然不注重食品卫生。

他没有大呼小叫，而是美美地享受了这碗热气腾腾的玉米粥。他一直在想，这个价格她能赚钱吗？靠这个小店能维持她的生活吗？

在要走出家属区时，他看到了家属区的农贸市场——路边一个塑料编织袋上摆放了一大堆菜薹和满是泥土的大萝卜。

“买菜薹，买萝卜，刚从土里扯的，一块钱一斤，又新鲜又便宜，一点水都没有浇。”

见陈渝这个“生意”来了，卖菜妇女热情兜售。

“明天就过年了，你不涨价？”

“不涨价都没人问，还涨个鬼。”卖菜妇女以为陈渝没安好心，也不给他好脸色。

陈渝心想，不涨价更好，留守老人们的生活就没那么辛苦了。

陈渝绕了一个大圈又回到了宽敞的迎宾大道上。

天色还是雾蒙蒙的。迎宾大道上行驶着几辆车，人行道上有了几个行人。

天　灾

秦德龙老师点评：

洪灾了，下大雨了，鱼儿跑了出来。人们疯抢不义之财。白小军的婆婆看着四散奔跑的人群和滚滚的洪水，扬起她沟沟壑壑的脸叹息：俺住了一百年，没见过这么大的洪灾。

婆婆说得好。这篇作品题旨有所指。“这块风水宝地开始改变起白家的命运来。”白小军得到了什么？不言自明。

“白小军，白小军，快点呀，鱼都冲出来了！”

白小军两口子撑着雨伞跑到鱼塘上，看到山水翻过新修的鱼塘疯狂地往外面倾泻。比筷子还长的鲫鱼被冲到刚修不久的水泥地坝上，翻腾着白花花的身子，又随着山水和雨水，涌进排水沟向不远处的水库滚滚而去……

老婆将雨伞翻转，手忙脚乱地抓鱼丢入伞内。抓到一条，已冲走了几十条。院坝周围、白家大院三栋五层楼的窗户内，站满了大呼小叫的住客，却没一个人帮他。白小军把雨伞一扔，高喊：“快点抓鱼呀，各人抓来各人要了！”

白家大院坐南朝北，三面环山。这里海拔千米，树木苍翠，夏季凉爽宜人。

这些年，城里人都到白家大院租房避暑。白家原有的几间青瓦平房已供不应求。白小军就借贷两百万元，把白家大院拆建成了几栋五层小楼租给城里人。他还把山下大片田土挖掘成鱼塘，去年冬天放养了上万元的鲫鱼，预计今年夏天供住客垂钓可赚十来万元。这块风水宝地开始改变起白家的命运来。

城里的租户看到白老板受灾，也不帮他，只看热闹。但白老板的喊声刚落，瓢泼大雨中就飞出了好多雨伞，窗户中涌动的人头也不见了……

“轰，哗……”

正当人们沉浸在平坝、水沟疯抢鱼儿的惊喜中时，突然传来了巨响。

“鱼塘决堤了！”

决堤的塘水夹杂着泥石冲破了一栋新楼的墙窗涌进屋内……

白小军的婆婆看着四散奔跑的人群和滚滚的洪水，扬起她沟沟壑壑的脸叹息：俺住了一百年，没见过这么大的洪灾。

王剃头的小九九

顾建新教授点评：

小说的语言比较生动，同时，选的角度比较好。从一个乱放车却不知悔改的人前后的变化，心理的波动，来反映执法的严肃性、执法的人性化。小说把握的分寸比较好。人物心理变化真实，也有趣。

“喂，政府执法队呀？办公室关起门的，没人。”

“你是不是解锁？到你停车的地方等。”

王剃头挂断电话，气就往平头上涌：贴一张纸片片，盖个公章，就锁车，就处罚；一张A4纸，储藏室就变成了“执法办”，看门鬼也不留一个。刚过来，又叫去现场，政府就幺不倒台了？一个小小的镇政府，恐怕连执法权都没有！今天要是罚我的款，看我不把你捅到网上去。现在可是互联网时代了，老百姓也不是任人宰割的羔羊。

王剃头在离开执法办时，用手机拍下门上写着“执法办”的A4纸，把刚从车上撕下的A4纸摊在手上，“咔嚓”了几下，一步两回头地咕哝着。

王剃头在小城开了个理发店，快50了才积攒下十万元买了辆私家车，停车就遇到了麻烦。小城为了创建文明卫生城市，花大力气整顿市容市貌，首先就拿乱停乱放的机动车开刀。政府在公路两边大街小巷都划出了停车位，白天收钱，夜晚免费。政府还修了很多地下停车库，进一步规范停车问题。

王剃头可不这么想。他算了一笔账，政府划的停车位，虽然晚上不收钱，但停一个白天也要 18 元，他每天要“多砍两个脑壳”；在车库租一个车位，一年要大几千，他要“多砍几百个脑壳”，太不划算了。为了节约停车费，他的车就像“叫花儿”一样，到处找地方停放。今天周二，是他的休息日，是他最享受的时候。他可以“骑着宝马到处兜风”了。他决定载着放暑假的女儿到“板辽沙滩”去戏水。他边啃馒头边向停车的小巷走去。

离停车小巷还老远，王剃头的眼睛就鼓成了“二筒”，嚼着馒头的嘴里喷出两个浑浊的字来：“糟了！”他的“宝马”的脚杆上多了一个崭新的黄色圆盘。车被锁了。

“糟了”两个字一出口，他的心就凉了半截：又要被罚款被扣分了。他已被罚款扣分几次了。他的驾照只剩下 3 分了，再扣就死定了。他的平头毛发涌出了汗水，腿脚软弱无力。

拖着如灌铅的腿走到车旁，懒散地撕下挡风玻璃上的单子。耶，怎么不是联式罚款单而是一张 A4 纸，落款的公章不是交警大队而是“某某镇政府执法办公室”呢？他急急忙忙根据单子提示向镇政府执法办跑去。这张单子没有交警的单子严重，应该有变数。他好不容易找到了执法办，却没有人，无名火怎么会不蹿上来。

他在返回停车现场时，脑袋瓜子在不停运转，怎样以上网曝光做砝码讨价还价免除这次处罚。

他刚从后备厢里拿出一瓶矿泉水时，一辆皮卡小货车就驶到他面前。车厢里装了很多崭新的圆盘铁锁。皮卡车驾驶员摇下车玻璃，伸出冒着热气的脑袋问王剃头：“你是驾驶员？”

王剃头阴阳怪气地回答：“车是我的。”

“我们是镇政府城市管理执法办公室的。你的车停在了车位外面，属于乱停乱放，影响了城市文明……”

“我想请问，你们有没有权利罚款？”他不耐烦地打断了对方。

“我们不罚款。现在小城在提档升级，创建文明卫生城市。每一个市民都要积极配合，改变陋习。我们对影响城市文明的行为……”

“你们没有权利，为什么要锁车？”王剃头用怒气打断对方。

对方也不回答，拿出一张 A4 纸说：“你把这份交通安全法规读一遍，我们就给你开锁。”

正在这时，交警部门的大型拖车轰隆隆地开了过来。车上跳下一个交警，对驾驶员说道：“这个车拖不拖？”看来他们已经拖了好多车了。

“车主已经来了，我们正在教育。”那颗还在冒热气的脑袋上的眼睛盯着王剃头回答交警。

王剃头赶紧接过 A4 纸，小声读起了交规。他刚才想好的一大堆理由全都被吓跑了。他的声音还有点结巴。在他读交规的过程中，皮卡车后座伸出一只女人手，手里拿了一个微型录音机，录下了他朗读交规的沙哑声音。

拖车轰隆隆地开走了。

皮卡车驾驶员接过王剃头递过来的 A4 纸，问道：“那张处罚通知书呢？我们要收回。”

王剃头从裤兜里掏出那张 A4 纸递过去，用手擦了擦额上的汗水。

皮卡车驾驶员下车，把王剃头车轮上的大铁锁卸下来，很费劲地扔到皮卡车货箱里，擦着额上的汗水说：“今后把车停到车位上或者车库里去。这是第一次，我们只进行书面教育。下一次估计交警就会直接拖车了。”

王剃头看着哒哒哒离去的皮卡车自言自语：“李鬼有李逵在后面撑腰就不好玩了。”

春

秦德龙老师点评：

有一种感动在自己。小女孩卖画降了价，换来了“一个个红苹果”状的洒满阳光的笑脸。然而，那含义却各不相同。写过程写得很美。

是的，美是由自己创造的。没有小女孩自己的作画，不可能有美丽的结局。每一位读者都该体会到这一点。

文学是灵魂的事业，热爱文学，首先要热爱生活，热爱人民。光有积极的眼光还不行，得有诗意的手段，散发出泥土的气息和汗水的味道。

今年的春天来得特别早。

中年男子把一张张色彩斑斓的画铺放在广场大树下的围椅上的时候，初春柔和的阳光就开始亲吻大树下那一圈嫩绿了。

一个六七岁的小女孩把自己的双膝放在地上，笔直了腰身，刚好能让自己在小画板上涂鸦。她的左手攥紧了几只削好的颜色画笔。手腕上那个毛茸茸的紫色发圈在微微颤动。齐腰的长发飘洒在粉红色的毛衣后背，使她显得笔挺而灿烂。

中年男子来到小女孩面前，见她紧张的样子，就拍拍手，表情轻松地说：“画摆好了，你吆喝吧。”小女孩摇摇头，用右手推推他的大腿。又说。又推。小女孩胸前的红领巾随风飘动。

今天是周末。广场上那些飙童车追滑板溜旱冰的小孩，很快被五颜六色的画吸引了过来。

“那个苹果画得好漂亮！”

“那张洋娃娃好看。”

“我喜欢放风筝那张。”

……

大树下七嘴八舌炸开了锅。小女孩还在不好意思推中年男子的大腿。中年男子拗不过小女孩，看了看围观的小朋友，拉开了嗓子：“卖画啦，卖画啦，三块钱一幅，三块钱一幅。”

“叔叔，画真的卖？”

“小姐姐，是你画的吗？”

小女孩扭过头，面对跨在儿童车上的小朋友，使劲地点头。她的头发已扎成了马尾，那个紫色的发圈上下摇晃。

“三块钱，好贵哟。都可以买一个大糖龙了。叔叔，能不能少点？”

“小朋友，你问小姐姐吧。”

“姐姐，一块嘛。”

小女孩摇摇头。伸出三个手指。

“一块一块。”小朋友们在起哄。

小女孩又摇摇头。还是三个手指。

“姐姐，你少一点嘛。”

有的小朋友转过身，踩动滑板，哗哗哗哗离开了。有的小朋友也调转了车头。

小女孩面对还在还价的小朋友，从三个手指降到了两个手指。在叽叽喳喳的讨价还价声中，小女孩站了起来，右手伸出一个指头，左手伸出五个指头，一脸坚定的神情。

“哦，买画啰。”有的小朋友调转了车头，有的小朋友把旱冰滑得呼啦呼啦地响。

一会儿工夫，小朋友就拽着婆婆爷爷妈妈爸爸过来了。

小朋友的爸爸妈妈都乐呵呵地掏了钱。而有的婆婆爷爷是被小朋友缠着给的钱。有一个出价两块钱的小朋友在同小女孩谦让，小女孩坚持退了他五毛钱。

买画的人群散去，小女孩又跪在地上，认真地涂抹着各种颜色。

大概半个小时，小女孩画好了一幅标题“春”的彩色画：一片荒芜石堆中，一株嫩绿的幼苗自石缝中悄悄地探出了小脑袋，天空中有几只五颜六色的小鸟在阳光下飞翔……她的小脸蛋已像一个红红的苹果。没有小朋友来买画了。她站起来，收拾画笔画架。中年男子收叠没有卖出去的画。小女孩背上画架，跟在中年人身后。

小女孩一边走一边遗憾地说：“其实那幅风筝我很不想卖，那个小男孩硬要出两块钱买。我好喜欢它。”

“不要紧，你可以重画一张。你要把自己最好的东西与别人分享。”

小女孩扬起头，已经是满脸的灿烂。“爸爸，今天六幅画卖了九块钱，按约定分您三块。给。”中年男子把三张小钞揣进了裤兜。

父女俩洒满阳光的脸上都充满了笑容，但那含义却各不相同。

第二辑　都市风云

我们生活在高度发达的科技时代。互联网、博客、QQ、微信，让我们的生活更加便捷又更加纷繁复杂。在这个繁华的都市，我们每天都忙忙碌碌毫无准备地经受来自方方面面的冲击，让我们无暇去思索今天和明天会发生怎样的故事。在这些故事中，你一定能看到他看到我看到你自己。

并非风花雪月

司玉笙老师点评：

陶波作品的特点是起笔入题，开门见山，没有多余的言语。这篇作品也是。一封邮递员送来的“秘密信件”，一下子就抓住了读者，层层剥茧，最后道出了真相，出人意料，又在情理之中。

当今社会，这样的事司空见惯，但作者独辟蹊径，不落俗套，写出了“独特的这一个”。没有低俗，更不是“风花雪月”，而是留下了想象的空白，令人读后反思。

叶文接过邮差的信，扫一眼专用邮封的寄件人，将信塞进裤袋里，向僻静的河边走去。

他的眼前浮现了半月前与佳英的争执。

他说，没必要，没必要，你现在都这样了，何必去花冤枉钱。我给，我应该给。但佳英非常坚决。她在电话中说，如果不做，她就不要他的资助。

叶文是在一次朋友的生日酒席上认识的佳英。当主人介绍他是某某处长时，她将米色风衣的衣袖挽了两圈，站起来与桌对面的他握手。酒过三巡，她脱掉风衣说，闺蜜生日，我来“甩一圈”。深V的大红羊绒衫让她光彩照人。

闺蜜来敬酒，她扬起满脸红霞先声夺人：“姐们，我砸场子的哈！”

“冉刚没来，当然该你代劳。”闺蜜眉开眼笑。

“冉岗，我有个中学同学也叫冉岗，跟我很像。”叶文借酒兴向美女调侃。

“我就是看你像我老公噻。”她的失语引来了满座的欢笑。

第二天，冉岗就带着她造访叶文这个当处长的老同学。

叶文邀约几个同学，为冉岗娶了年轻漂亮的媳妇接风。酒足饭饱后去卡厅嗨歌。冉岗醉得去打点滴。她又哭又笑缠着他说话。

“老公经商，纯粹是‘酒精沙场’。医生多次叫他戒酒戒烟，增大受孕概率，但老公只能拼酒换生存空间。不像你坐在办公室就有几十万年薪。”

从她断断续续的倾诉中，他还知道了她们通过试管婴儿都没有受孕的秘密。她为十年未孕非常伤感。

第二天，他收到一条短信：冉岗同意她向他这个老同学“借种”。因为他俩身高脸形酷似，生的小孩不会被人怀疑。还不需他承担任何责任云云。

“开什么玩笑？拿老同学开涮？”

“我用老公手机发的信息，要不，你与他通个话？”

叶文慌忙掐断了通话。

他绝不相信冉岗会同意“借种”。这对男人简直是奇耻大辱。但与年轻美貌的女人生个儿子，对他这种事业有成的男人具有不小的诱惑力。还不承担任何责任，这种好事哪里找？

这条短信无异于突如其来的海啸，让叶文经受了仕途、情感、道德、家庭等方方面面的巨大冲击……

最终还是理智占了上风。他建议她到国家精子库去申请捐赠精子，来了个不尴尬的拒绝。

但是，在一次她安排的聚会上，在她幽怨的目光下，他不但多喝了两杯，还稀里糊涂地与她在宾馆完成了捐精仪式。一个月后她发来短信：“谢谢，十年了，我终于怀孕了。”

第二年，她生下个大胖小子。但命运却非常不公平，冉岗在大胖小子半岁时，喝酒夜归滑入水塘。

冉岗没有多少遗产。靠她的工资已不能很好地养活儿子。她又不想让来之不易的儿子受苦，才向他这个亲爹提出每月支付生活费的要求，而且还坚持先去做亲子鉴定。叶文刚才收到的就是医院的鉴定函。

叶文来到河边一棵僻静的大树下抽出了DNA鉴定书。

“这怎么可能？”

他把那张纸片合上，眨眨眼睛，再举到眼前，还是“没有血缘关系”几个大字。

怎么可能？她说过，除了她老公，叶文是碰她的第二个男人。

一种无名的悲怆涌上了叶文的心头。也许，她半真半假向冉岗说过“借种”，这种刺激让冉岗不得不暗自戒烟戒酒。而冉岗对自己能否受孕又缺乏信心，胖小子的诞生便成为冉岗的心理阴影……更可悲的是，她深信不疑的“借种”却是她与老公的亲生儿子。

这张薄如蝉翼的纸片呀，承载了多少人安定与否的生活重量。

叶文将纸片慢慢撕碎，丢进了缓缓流淌的小河。

他给她发了一条短信：医院鉴定书收到。如你所言。已毁。

朱　朱

刘勇老师点评：

本篇作品在立意和结构上主要是围绕“生子”这条主线展开。通过人物的对话把着急一点点升级，甚至父亲还威胁着儿子：“你不让我当爷爷，我明年就让你当哥哥！”儿子有苦衷，不能说。说了，一切的希望就会像肥皂泡一样瞬间破灭。他们到处旅游是假，遍地寻医是真。结尾“卧室里突然沉寂下来，客厅里传来了婷婷柔弱的抽泣声……”的描述既有无奈又有无声的抗争。这是生活的命题，也是生活的另一种艰辛。

朱朱属猪，儿子也属猪，猪猪猪，亲戚朋友都这样调侃他爷儿俩。

朱朱五十五岁退休，已两年了。他成天猪不是狗不是，就想朱儿早日生个“小猪儿”。

刚才，他接到儿媳妇的电话，说她们自驾游买了好多他喜欢的土特产，叫他到门岗去一下。小两口忙着赶回公司开会，就不上楼了。

朱朱把手机往沙发上一扔，一边下楼一边心里大骂二人。

忙，忙，忙，忙你个火铲！成天就忙开会，就忙到处耍，就是不忙正事。都“一个粑”的年龄了，还一个瘪肚皮。还书香门第，还大户人家，我朱朱这门香火就要被你断送了。

没心没肝的朱儿，我容易吗？你才九岁，你妈就撒手人寰。老天连悲伤的时间都不给我，更不说给我续弦的机会。我只能挣钱，挣钱，拼命挣钱。

供你留学，供你买房，供你娶老婆，只盼你为我朱家长房光耀门庭。

这下好了，当他个银行小主管，就幺不倒台。三十好几了，还不生个小朱儿，同学朋友都在嘲笑我了，还谈什么光宗耀祖？

今天老子……

朱朱火急火燎蹿到门岗，儿子的车就风驰电掣般驾到了。车子浑身泥浆，连车牌都看不清了。朱朱鼻子一“哼”：真是个“越野”。

“老汉，这是在昆明滇池买的三八菇菌干，这是在贵州千户苗寨买的苗家扎酒，都是土特产。”儿子从尾箱里提出两大袋东西来到朱朱面前，儿媳尾随其后。

“猪猪，猪儿回来看你了？还买这么多好东西，你好有福哟。”

一个衣着入时的姣美少妇出小区时跟朱朱侃上了。

“是美美呀，正好，你托我带的三八菇，儿子在昆明买到了，才四十块钱一斤，给你带了两包。”

“啊……呀……哇……”面对笑容可掬、使劲眨眼的朱朱，看着塞到手里的两包菌干，少妇的脸上瞬间变化了好几种表情。

老汉把几百元一包的东西硬塞给别人，朱儿知道出状况了。老汉生气了，而且非常生气。看来不能丢包走人了。

他赔着笑脸向美少妇确认说，阿姨，干菌就几十元一斤。又转身叫媳妇把车开到停车场等他，他把老汉送到家就下来。他要把婷婷支开，今天老汉要吵架。他不愿意媳妇也跟着倒霉。

小区步行道上，两爷子都不说话。朱儿在揣摩朱朱是哪股筋发了，好找对策。朱朱在想，老子就是不开腔，等你个傻猪儿去猜。

“爸，你今天是不是生病了，哪儿不舒服？”朱儿进门就嬉皮笑脸地试探。

“你妈才有病。”

“我妈早上天庭给王母娘娘当丫鬟去了，永远都不生病。”

“你……”

儿子的幽默立即缓解了剑拔弩张的场面。朱朱扑哧一笑，脸色已多云转晴。他一屁股甩到沙发上，叹了口气说：

“朱儿呀，还有一个月就过春节了，你怎样向你妈交代哟。她的墓碑上早该添上小朱儿的名字了。”

朱儿明白了。年关到了，老汉又在为没有孙子发愁了。每年祭祀他都要在母亲墓前发呆很久。

“老汉，婷婷还有一年，在职读研才毕业。工作压力大呀，现在哪能分心。”

朱朱又来气了。他拉起朱儿就往卧室里蹿，用一只手把弹簧床垫拉起45度，床箱里密密麻麻地堆放着整条整条的天子香烟。

“老汉，我每个月给你的两条烟你抽都没抽？”

“已经攒了六、七十条了，为孙儿办满月酒早够了。说吧，你啥时候行动。”

“我不是说了嘛……”

朱朱将朱儿的手重重甩掉，又把床垫叭的一声按回去，板着脸对牛高马大的朱儿吼：

“说，说，说，说了好多年了。我今天也对你说，你不让我当爷爷，我明年就让你当哥哥！”

“开什么玩笑？”

“二胎政策都放开了，我还跟你开玩笑？”

“你怎么给妈交代？”

“你怎么给你妈交代了？”

“就是刚才那个美美？”

“是谁你管得着吗？”

“我……”

“怎么，你敢打老子？”

“唉……老汉……”

朱儿把自己重重地摔在了床上。他像一只斗败的公猪蜷缩在床上，闭着眼睛自语。他说，医生说，可能是长时间使用笔记本电脑，可能是工作压力过大，他的精子质量差，影响了正常生育。他们到处旅游是假，遍地寻医是真。朱朱几次暗示他离了另娶，他哪敢说实情？

卧室里突然沉寂下来，客厅里传来了婷婷柔弱的抽泣声……

智 取

陈玉兰老师点评：

巧妙地利用闲话，就是把要说的人和事交代清楚了就打住，再多说一句就真成了闲话。“项庄舞剑，意在沛公”。在这里，旁敲侧击应用得得心应手，还真正体现了一个“智”字。

“成总，今天中午去刀子岩吃刨猪汤哈。”黄镇边关门边说。

成总递过香烟。黄镇接烟的同时与沙发上的石老板点头打了个招呼，继续说道：“刚才有个大汉强行把一个煤老板扭送到了派出所。煤老板被打得满脸是血。大汉说，煤老板差他十几万的汽车运费几年不付，还玩人间蒸发，今天终于被逮住了。”

石老板点燃香烟，大大地吸了一口。

成总面向黄镇：“你借给彭老板的50万元收回来没有？”

“别说了，那个栽瘟！付了三个月的利息，人就不见了。我抓住他，一定先敲断他一根脚杆。”他愤愤然从沙发上站起来，做了个棒击的动作，又坐下。

石老板的头随着黄镇的手势一起一落。

“耶！听说昨天刀子岩有个吃刨猪汤的客人被杀猪匠捅了一刀，哪个还敢去那里哟？”成总转移了话题。

“还不是欠钱惹的祸。被杀者还了钱，杀猪匠也到公安局投案自首了。已经没事了。”黄镇赶紧解释。

“唉，报纸上说得对，现在的人很不讲信誉，必须从法律上完善信誉机制。我估计，国家下一步肯定要对举债不还的行为严厉打击。否则，类似的事件会不断发生……”

“我巴不得政府对不讲信誉的人千刀万剐！”黄镇抢过成总的话，又从沙发上站起来，用手掌做了一个砍头的姿势，嘴里还冒出“咔嚓”两个字来。

“你……你们聊，我有……有点事，先去处理一下。回头，我看钱到没得，到了先还成总二十万元。”石老板站起来，有点结巴。

看着石老板冒雨离去的背影，黄镇和成总交换了一下眼神：“看来收回一百万元有眉目了。”

谎 言

陈玉兰老师点评：

谎言有善意的，有恶意的，有无意的，有信口雌黄的。这里是被逼出来的。想必作者有几分感同身受。一篇精彩生动的文章，不单有对事情的叙述，更重要的是对要叙述的人或物有一定的精雕细刻，使之栩栩如生跃然纸上。这就要求写作中进行必要的细节描写。此篇设置的细节“谎言”就是这样。

这几天，老婆一直像苍蝇一样在耳边嗡嗡叫。再不想办法收点钱回来，过年盘子也没有了呀，侄儿侄女的红包也没得发了呀，年也没法过了呀……

谭红波烦透了。心情更是糟糕。今天，他终于忍无可忍，像一头狮子对老婆吼去：“钱钱钱，你哪天缺钱了，你天天打麻将哪来的钱？年年年，你哪年没过了，你哪年的年不好过了？”

谭红洪吼完，把防盗门重重一摔，踏着钢铁的剧烈碰击声冲向黑夜。他怒气冲冲地来到挂满灯笼、彩灯闪烁的广场，心情才渐渐平静下来。

在灯光闪烁的广场，成群的老人在按反时针方向绕圈散步，仿佛他们是在找回已逝去的时光。不少的儿童车则在相互追逐。那些奔跑的小孩时不时还放两个鞭炮。推着婴儿车的年轻母亲紧张地招呼着那些童车和放鞭炮的小孩，生怕惊吓了自己的小宝宝。

谭红波感到，年确实来了。

他突然觉得，老婆说得有道理。是该用有效的方式向欠款人要债了。不能让他们既欠钱又心安理得。至少不能让他们舒舒服服地过年。于是他坐在树下的木椅上，向不想还钱的邻居发了一条微信：

廖洪、王莉你们好！

还有十天就是春节了。今年的春节很不好过。

你们知道的，今年以前，我的应收外债达100万元。还未算你们借的40万元。今年与王莉兄弟王山合作经营电煤，断断续续只经营了4个月。不但亏损严重，更要命的是，他虚开发票偷税漏税几百万，税务局已将他的案子移交公安机关。看来他凶多吉少。估计要判个十年八年吧。他差我的20万元他让我起诉他哥哥的长源公司，因为钱是付给长源公司的。他哥哥是出了名的铁鸡公，哪年才追得回来？这让我雪上加霜呀。看来，好找钱的年代已经过去了。大年一过，我只能靠打官司收钱过生活了。

2010年1月，你们建议我与你们合作，投资购买贵州小煤矿。我投入了30万元。你们差股金向我借，我马上向老婆的亲戚给你们借了40万元。

2011年1月，你们按约定付了一年9.6万元利息。之后5年你们都说经济状况不好，没付利息。我代你们支付40多万元的利息。那几年我的经营好，还垫得起。去年不行，找你们，你们给了2万元。

现在，又到该支付利息的时候了。打电话给你们，你们说在重庆带孙子，一时半会儿不回来。这是一件令人头痛的事。因为我今年确实垫付不起了。

我这个人，一直把友情放在第一位。你叫我投入贵州小煤矿的30万元，你条子都没有打，说等煤矿投产注册了转为股金。结果贵州政府关闭小煤矿，血本无归。我没有怪你。亏了就亏了。由于你们借的40万元不是我的，是老婆亲戚的钱，所以，我必须追回来。去年我告诉你，准备保住上诉权，提起诉讼，给老婆的亲戚们一个交代。你说，你父母有病，怕对他们造成影响。你付了2万元利息，叫我再缓缓。这一缓又是一年。

我这么想，如果我请个律师，搞一个40%的风险代理，律师就会跑得飞快。他们会对你转移的资产、送给子女的房产进行认真清查。甚至冻结你们夫妻的退休金。借款和利息可能追回来了，但我们从朋友变成敌人不说，我们的家人、子女等都会受到很大影响。有道是，远亲不如近邻嘛。况且，你父母年老多病，你儿子已是农行主任，他们会很揪心很麻烦。

你知道，我不是一个把钱看得那么重的人。我提出一个彻底解决的方案：你们在春节前想办法把40万元借款本金还了，所欠几十万元利息就全部免除。这样，我也不会再为这40万元垫付利息，你们也减轻了几十万的利息负担。免得把钱送给律师。这是我作为朋友能做到的最大让步。我知道，钱全部投到小煤矿了，你们觉得冤，但我更冤。你们损失大，我损失更大。有些事，我们只能面对，别无他法。

我相信你们一定能办到，也希望你们一定想办法办到……

三天后，廖洪回复了一条微信：兄弟，话都说到这份上了，我不照办还行吗？春节前我想法借25万元，大年前再付你15万元。你把农行卡号发过来吧。

医院走廊的喧嚣声

冷清秋老师点评：

《医院走廊的喧嚣声》跨越了十数年的时空，把两个不同的病患场景串联起来，把里面的悲喜交加和感叹唏嘘，都画面一般呈现给我们。

作品里写出了社会曾经的不足，也写出了国家的长足发展。这里面就涉及了创作的意义和目的。

文学创作不是要给人绝望，而是要给人以希望。这便是文学的意义所在。陶波经过多年的摸索和感悟显然已经深谙这些道理。

即便是要揭露和鞭笞，但最终的目的，也是抱着对未来改善的期许。

文学要给人以希望。

天刚亮，太阳就早早地跳了出来。

今天是元旦，难得的冬日阳光，透过窗玻璃向病床内流淌，仿佛要驱散整个冬季的寒冷。

静静地躺在病床上的我，已有阵阵暖意。我是赶上了国家先住院后结算的好政策，才捡回了这条命啊，否则哪里能在医院里享受这份阳光呢。我抬头望着窗外，十几年前的那一幕，又浮现在眼前……

在医院看护病人的我，被病床外的争吵声吸引，扭身到走廊上看热闹。

走廊上，护士站旁边围了一大堆人。一个五十多岁戴着深度近视眼镜的白大褂在说话。“这是医院规定，我也没有办法。”

“病人账上没有钱，主治医生就必须通知病人停药出院。”一个护士在为医生打圆场。

“即使不出院，没钱也要停药。病人血小板减少，流血不止，一天不输血，也维持不了生命呀。”医生无可奈何地叹息了一声。

“医生，求求你，救救我女儿吧！”一个中年男人用沙哑的声音在苦苦哀求，他的额头上挂满了豆大的汗珠。

我从七嘴八舌的议论中明白是怎么回事了。一个十五岁的农村女孩，患白血病已经一年多了。父母为了给女儿治病，省吃俭用，四处举债。后来通过中华红十字会获得七万五千元的救助款，全部手续已经办妥，按审批程序还有几天才能转到小女孩的医疗账户。可时下病人账户的钱已用完，主治医生正在按院方规定通知女孩出院。

走廊的移动病床上躺着那位女孩。她脸色苍白，睁着大大的眼睛，静静地看着天花板。

我的眼睛开始模糊。病床上的女孩一会儿变成了自己患白血病的妹妹，一会儿又变成自己活蹦乱跳的小女儿。刹那间，泪水夺眶而出。

我几步上前，拨开众人，走到中年男人面前：“我这里有一千元，你拿去给孩子输两袋血吧。”

为了给女儿看病，一天只吃一个馒头，每晚只趴在女儿病床边睡觉的男人，一个铁骨铮铮的父亲，面对我突然的举动竟然不知所措。他双腿一弯就往地下跪去，喉头里发出泣不成声的语音：“恩人哪……”

我的泪水再一次夺眶而出，赶紧伸出双手扶住中年人不让他跪下，转过脸去不让别人看见自己脸上的泪水。

我的举动使原本嘈杂的走廊立刻安静了下来，安静了下来……

突然，人群开始向中年男子方向挪动。

“我有二百！”大妈苍老的声音。

“我这里有五十。”小妹妹稚嫩的童音。

“我也捐五百！”医生响亮的声音。

“叔叔，我也有一百！”护士清脆的声音……

我控制不住自己的情绪，悄然离开了这喧嚣的地方……

“九十九床，测血压了。”护士银铃般的声音打断了我的回忆。

我的理想

陈玉兰老师点评：

本文以回忆的形式展开了学生时代的趣事，告诉读者一个男孩子在上学期间幼稚而调皮的故事，让人懂得老师的教育会潜移默化影响学生今后的人生道路。人们常说“文以意为主”“文以载道”，这“意”或“道”就是小小说的中心，即中心思想。这是写好小小说的关键。凡是好的小小说，无一不是在立意上下功夫的。积极，健康，向上，这是此文的优点。

刘洪跃盯着一张发黄的小学作文本纸，两眼迅速眯成了缝，从喉头里发出“嘿嘿”的笑声来。

他恭恭敬敬把那张作业纸放到书的扉页，合上书，用红绸在书上拴成蝴蝶结，把书捧在胸前，旋转三圈，才一本正经地出门向枣园小学走去。

多么熟悉的校园。

那棵枝叶繁茂的大枣树上的枣儿好诱人。他想起十年前偷枣儿的快乐，禁不住吞了吞口水。

走过枣树林，是宽广的运动场。水泥运动场铺上了枣红色的塑胶。讲台也变大了几倍。看着讲台，他的眼前浮现出了十年前的情景。

那是一个丰收的季节。学校组织六年级的学生帮助农民伯伯收水稻，事实上就是去捡田里的稻穗。他见很多女同学在田里打着赤脚嘻嘻哈哈地追逐，就邀约几个同学，把篱笆刺埋在了田坎上。

第二天早晨到学校，他听说学校正在严肃追查埋刺事件。几个赤脚挑着稻谷的农民伯伯被刺进了医院。埋刺的那几位同学已经站到了讲台上。台下是全校上千名师生。当他穿着扣错位的衬衫、卷着一只裤脚、耷拉着大脑袋走上讲台时，台下顿时变成了嬉笑的海洋！他当时恨不得讲台上有一条缝……

他低着头从讲台回到教室，看到作文本上的红笔批语：你很有幽默感，下课到我办公室来一趟。

上午的课他什么都没听进去。他的脑海里总是反复交替着校长的话和老师的批语:“必须严肃处理,必须叫家长写保证书。”“下课到我办公室来一趟。”

爸爸常年在外打工，妈妈的保证书只有自己来替她写。身上肯定又要多几条红色的“豇豆”。这也没有什么大不了的。关键是到老师办公室不好对付啊。如果又要在办公室重写作文，回家必然会很晚。被妈妈修理一顿不说，肚皮又要遭饿了。

唉，我的作文为什么就写得不好呢？我已经写得很好了呀。班上的同学还没有哪个像我这样把水浒三国西游都看了个遍的。他们有手机耍游戏，我只有老爸从废旧仓库买回的那些廉价书……

“刘洪跃同学，你的作文写得不错嘛。层次清晰，逻辑性强，还运用了心理描写手法。你的思维能够写出很好的作文。就是主题不好，立意差劲。”下课磨磨叽叽到办公室的他，被新班主任诸葛玉儿按坐在板凳上，说了那些话。

原本诚惶诚恐的他，抬头瞟了一眼新老师。怎么，这个老师不批评我，还夸我，还这么亲切？他的内心有了一种前所未有的温暖。

玉儿老师拉过藤椅坐下，继续拉着他的手："你的作文写作基础很好。多看一些写作文的书，一定能写出很漂亮的文章。"

"真的？我不用重写？"他看向那张阳光灿烂的脸，他发觉老师好漂亮！

打那以后，他从调皮捣蛋的学生变成了德智体全面发展的三好学生……

"诸葛老师好！"刘洪跃已笔直地站在玉儿老师的办公桌前，把手中的书毕恭毕敬地放到办公桌上继续说道："这是我的散文集，是献给老师的。"

"刘洪跃？你出书了？"仍然一脸阳光的玉儿老师看着十年未见的学生，没有惊讶他长高了长大了，却惊讶他出书了。

"没有老师当年的鼓励和谆谆教导，哪有我的今天？我的散文集以十年前老师第一次批改的那篇作文命名。"

"我只教了你一年，都不记得什么作文的事了。"玉儿老师一脸的疑惑。

"老师，打开看看。"

玉儿老师坐下，拉开书的蝴蝶结，横排的楷书《我的理想》映入眼帘。下面是一排烫金的宋体字：献给我的启蒙老师诸葛玉儿。作者：刘洪跃。

玉儿老师翻开书的扉页，露出了一张发黄的纸片。她看到了那些歪歪斜斜的字和自己的红字批语，才想起十年前这篇奇特的作文来。

她看一眼比自己还高大的学生，学着他曾经的调皮样猛眨一阵眼睛，坐正姿势，用纯正的普通话朗诵那篇发黄的作文：

"我的理想。我的理想是做一坨鸡屎，做一坨又大又臭的鸡屎。首先去臭死数学老师。这个学期我每次考试都不及格，其实，我能够及格的，但是他不让我抄同学的（作业）。我还要臭死语文老师，谁叫他老批评我不会写作文，说我什么都乱写进来，难道我这样的日记还不够好吗？最后我还要臭死校长。为什么他每次坐在讲台上要讲那么久，不知道我们站在下面很累吗？我还要臭死我自己……"

办公室溢出的笑声，感染了树上的枣儿，它们也迎风跳起舞来。

同学，对不起

顾建新教授点评：

一场常见的同学聚会，却包含了多少丰富的内容！作者用极简练的语言，写了“我”几十年的经历。如何躲过“上山下乡”，然后发财到破产；同学做了一个小官，就趾高气扬；众同学退休后过着怡然自得的生活；“我”对同学聚会心理的变化，感到真情的温暖。一篇一千多字的微小说，有着多大的包容！所以，微小说并不小，尺幅千里，从一个侧面，展示出当代社会多彩的景观。微小说的容量，取决于作者对社会生活思考的深度与广度。当然，要把众多的内容浓缩在极小的篇幅里，也是要有一定的功力的。略写、详写要安排妥帖；主次要分明；正叙与插叙、补叙笔墨分配得当。这篇小说就有这个特点。

今天，八中三班的四十周年同学聚会可以说惹上了天大的麻烦。我酒醉摔伤了。医生说马上就会死。就几分钟的事情。

其实，我压根不想参加这个聚会。

记得二十年前，高中时的石班长突然打电话给我说，阳阳，我们班搞个毕业二十周年同学聚会，费用就由你这个同学中的首富来承担吧。我毫不犹豫地拒绝了。我可不愿出风头。后来他说，费用由他想办法，叫我参加就行了。

没想到，他自恃是同学中最大的官，非要每个同学说说毕业二十年的人生经历。

我能说吗？

我是怎样躲过了“上山下乡”没有当知青的？我的养鸡场为什么突然失火，让我获得了保险公司的巨额赔偿，买下了县猪鬃加工厂？

不能说，肯定不能说。

这个石班长，读高中时，他哪一科文化成绩比得上我？就因为他根正苗红，他年年当班长，我连课代表都没当过。

现在年代变了。改革开放了。一个小乡长，凭什么对我指手画脚？现在天天来与我聊天的官，哪个不比他大？

看着他满嘴泡沫跷着二郎腿晃来晃去的样子，我就觉得好笑。

要不是老父亲反复告诫我，一定要低调，低调，再低调。不要像他那样一不小心就成了“反动技术权威”，殃及子孙后代。

我把香烟放到嘴里嚼碎，用尼古丁的辛辣转移自己的情绪，决不能随便说话。

班长的自我标榜，赚取了同学们无限的崇拜。那些工作单位不好的同学，那些单位濒临倒闭的同学，都希望得到他的关照。有的同学还希望到我的猪鬃厂上班。我以父亲做主为由拒绝了。我可不愿让同学们更多地了解我。

我不但没有发言，从内心反感这种聚会。

三十周年的同学会我当然就没有参加。

然而，那一天，是我几十年来最难受的一天。因为我的耳根子一直不清静。一会儿左耳红得烫人，一会儿右耳烧得难受。

我揣测，是聚会的同学趁我不在说我的坏话。他们肯定在说，七五年，我一丝不挂在大街上乱跑，跳进冰冷刺骨的清溪河，是装疯卖傻，是为了躲避上山下乡，是怕到了农村就再也不能回城。

他们肯定在怀疑，八六年我的养鸡场突然失火，并不是鸡房的电线短路，而是我有意而为之。

由于我没有参加聚会，他们不知道说了我多少坏话……

所以，今天的四十周年同学会，我不得不参加。我可不愿再让无名火烧坏了耳根。

聚会到了 33 人。他们说是来人最多的一次。大部分同学都退休或者准备退休。

石班长仍然是主持人。他已不是乡长局长了，“升级改非”成了副县级调研员，有大把的时间和旺盛的精力。

大家在一个叫永乐度假村的会议室开了一个别开生面的交流会。

男女同学都穿上了中学时代的海军衫，戴上了红领巾，合唱了几首中学时的红歌。然后，每个人就争先恐后地分享退休后的生活和打算。

一个农村同学说，他因为土地被占过上了城里人的生活。每个月有 2000 元的生活费。他不打麻将，在小区的山上开荒种地。不用农药不用化肥的绿色蔬菜，女儿、亲家几家人都吃不完。他觉得又锻炼了身体又补贴了家用。

两个女同学说，她们加入了老年大学，打拳舞剑，集体旅游，每天都过得充实。还当场表演了一套太极拳。

有两个同学加入了县摄影协会，不但得过奖，而且用他们的长枪短炮全程为大家免费摄像拍照……

三个小时的交流会，还有好多同学都没有来得及分享，就到晚饭时间了。

同学们的脸上都挂着怡然的满足感。他们远离了对权力和金钱的追逐，更多的是想如何让退休后的生活光辉灿烂。

这是我万万没有想到的。

同学们对我这个房地产老板既不羡慕也不排斥。没有人像以前那样贬称我“洋鸡娃”。大家都相互尊重。

这让我产生了深深的羞愧感。我担心他们说我坏话的心理，实在是太小人了。

不知道是兴奋还是为了洗刷自己的丑恶，我喝了很多酒。我向每一位同学敬酒，祝他们快乐健康幸福。

酒喝完了，我争着去我的车上拿酒。

我太高兴了。我第一次发自内心希望同学们分享我的快乐，哪怕只是几瓶小酒。我的脚步可能迈大了一点，我从二楼滚到了一楼……

看到围着我忙前忙后的同学们，看着班长的焦急，看着女同学满脸的泪水，我是多么的高兴，为他们的真诚，为他们对同学无私的牵挂。

救护人员来了。公安人员来了。我对他们都不感兴趣。我只想对同学们说几句话。

我已不是班上的首富了。我卖掉实业全资投入的房地产，已经债台高筑即将崩盘。

我为妻子和儿女买了百万的意外保险。她们是不会来找同学们的麻烦的。

对不起，同学们。谢谢，同学们。我现在比什么时候都快乐。

影　子

司玉笙老师点评：

其实，人的一生，在别人身上能看到自己的影子，而在自己身上也会投下别人的影子。影子与影子交叉，构成了这个社会、特别是生意场和人际场光怪陆离的现象。怪吗？不怪。

此篇作品，通过主人公驱车两百余公里给人随礼，沿途及现场主家怪异的表现和表情，折射了人世间的“变化无常”，也映照了不同的心态。

作品结尾很独特，懵懵懂懂中，不禁让人产生了些许联想。

曹凡驱车两百多公里，去参加业务关系户丁大海的嫁女婚宴。他在一个十字路口迟疑不前。

这是南坪地区的交通要道。附近的十几个煤矿曾经使这里车水马龙一派繁荣。他要去的后山村路段，正在大片拆建。挖掘机、升降机在残墙断瓦间轰鸣。老路被挖断了。一条六车道的宽广大道横在眼前。新铺压的柏油路格外的油亮光鲜。路面留下的黄泥车胎印表明新路已通车。他已找不到方向。

他下车问路。获得指引后，他在一条被碾轧得沟沟壑壑的老路上缓缓而行。他用眼光仔细地搜索公路两边的参照物，仍然没能找回曾经的印象。好在，不断超越的各类小车让他判断方向没有错。估计它们也是去赶婚宴的。

大约十分钟后，他看到了丁大海那栋三楼一底的洋房。临近午时的初冬阳光使这栋老式洋房黄色的墙砖闪着耀眼的光芒。公路边塞满了小车。按指引，他把车停到岔路口下的停车场。

丁大海站在公路上迎接客人。他穿的还是几年前那件黑色的灯芯绒便装。旺盛着的黑发像他的硬笔书法一样苍劲有力。青衣黑发让他在阳光下的脸有点苍白。

“曹总莅临，蓬荜生辉。”丁总看到人群后面的曹凡，紧走几步，上前握住曹凡的手，一边客套一边递烟。他迟疑了一下，没有把曹凡向洋房的院坝上指引，转身把他引向宴席的方向。曹凡为他那一瞬间游离的眼神而疑惑。

透过路边逐渐枯萎的花草树木，曹凡看到，宽大的院坝内有很多客人围在几处收礼台送礼领取纪念品。

他明白了。几年前丁总向他借的60万还未归还，他不好意思让他去随礼。

“曹总，一个人？”专门接待的杨副总迎上来打断了他的思绪。他把他引进了宴席厅。

实在不敢想象，婚宴厅居然设在车间。车间顶部的行车卸掉了，车间的机器设备搬走了，地面还油迹斑斑。几十张大小不等的圆桌旁几乎坐满了人。杨副总拉着他找到空位坐下，小声叹息：“唉，丁总是屋漏遇上连绵雨。在贵州投入几千万的煤矿因政策刚关闭不久，在南坪的水泥厂煤矿也纷纷停产，损失惨重。不然，他怎么可能在院坝在车间里为女儿办婚宴？”

“那是，那是。”曹凡嘴里附和着杨副总，心里却在想，一个曾经在南坪地区叱咤风云的民营企业家，短短几年的变迁，就只能在车间里用流水席为女儿办婚宴，丁总的内心是个什么滋味呢？

“丁总没想到今天会来这么多人。婚庆仪式都无法搞了，只能提前开席。估计两轮都坐不完。”杨副总边说话边左顾右盼与他人打招呼。

曹凡站起来，把准备好的红包交给杨副总转交，叫他去忙乎。他刨了一碗米饭便匆匆离席。

走出宴席厅，曹凡看到，院坝里还有人在随礼。一个黑色的背影还孤零零地站在公路上等待未到的客人。莫非，丁总还在乎这点礼金？如果不这么想，他应该在宴席厅敬酒呀！曹凡的内心有一种怪怪的感觉。为避免见面的尴尬，他绕道进入停车场。

一辆大货车挡在了岔路口。一定是债权人故意在给丁总制造难堪。丁总安排了几个朋友在疏通。他们告诉他穿过丁总的洗煤厂，走另外一条路上高速。

在一条坑坑洼洼的泥泞小路上行驶几分钟，就到了丁总的洗选厂。曹凡下车点燃一支烟，环视这个南坪地区最大的跳台式洗选厂。一字排开的十多个精煤池空空荡荡。跳床、皮带运输机锈迹斑斑。上千平方米的钢瓦篷已开始锈蚀脱落。

几年前的一个情景跳到了他的眼前。

八年前，也是在这里，在曹凡站着的地方，丁总一只手搭着刚刚分管精煤业务的杨副总的肩，一只手围着曹凡的颈项："杨总，曹总是我多年的朋友，你只管给他送煤，不到三百万你不要向曹总要钱！"丁总的豪气与洗选厂机器的轰鸣声融会相映，如一首动听的歌。

曹凡摇摇头，叹口气，把半截烟头丢进了废水池。

在摇摇晃晃的山路上，曹凡的脑海里，一直晃动着公路边那个黑色的背影。

那是谁的影子？是他？是我？

该死的麻将

司玉笙老师点评：

麻将引发的祸端自古今来数不胜数，悲剧几乎天天都有。这篇作品，以强烈的真实感和血淋淋的事实，告诫人们远离麻将，特别是老人。

这篇作品来源于生活，令人信服。就是在交代事件发生的过程时，无须拉杂。能一句话说清楚的，不要再累赘。

街道王大妈打来电话，让奇老太去顶两把。

奇老太原本不打麻将。退休后，她经常跟不添孙子的儿媳妇搞摩擦。儿子为了调和奇老太与老婆的关系，就怂恿奇老太去社区搓搓麻将，搞点小刺激。下午一点到五点半，每人最多输十元，每桌由赢家交五元的茶水费。花钱不多，还可预防肩周炎和老年痴呆。奇老太的手气还特好，十打九赢。从此，她就没时间跟儿媳妇吵架了。

没有了奇老太的神叨五叨，上个月，儿媳妇神奇地通过试管方式生下了个胖小子。儿子结婚十三年，奇老太终于有了孙子。奇老太一门心思全放在孙子上，就再没去打麻将了。

社区王大妈也讨厌，反复说，只让她去顶两把。她还叫另外两个老麻友在电话中表明观点，只要来人了，奇老太马上回家。

奇老太一边接电话，一边在寻思，小孙子刚吃过奶，按习惯两三个小时才会醒。儿子儿媳妇到医院也要两三个小时才回来。再说，两个月没摸麻将，手还真有点痒痒。麻将活动室只几分钟路程，打两把也可回来看看。

奇老太本来在给儿媳妇砍猪大骨炖鲫鱼汤，听到手机响，就走到阳台，用手遮挡手机通话。她不想吵醒小孙子。王大妈她们的反复诱惑，使她向客厅婴儿床上看了又看，才答应。

奇老太轻手轻脚返回客厅，摸了摸小孙子熟睡的小脸蛋。又轻手轻脚地出了门，把钥匙插进锁孔旋一下，才把门拉上，这样就不会让关门发出一点声音。

她把放在阳台台阶上的猪大骨忘在了台阶上。

再说儿子两口子到医院，行至半路，儿子想起医保卡忘了带，就跟媳妇商量，回家拿医保卡把产费结了，免得几天后又来跑。媳妇玩手机忙不过来，只是点头。

返回车库，儿子正慢悠悠迈向电梯，却被后面来人撞进了电梯。

“对、对不起！快按、按 13，要出大、大事了！”

他没好气地斜一眼这个冒失鬼。

“不、不好意思，钟、钟点工打电话说，我家狼、狼狗不知受了什、什么刺激，挣断了铁链，跳到邻家阳台上去了。怕要出大事，这只饿狗。”

“13，你也 13 楼？！”他睁大了眼睛。

下了电梯，他往左边冲，冒失鬼往右边冲。

他打开房门，看到了客厅里有一条好大的黑狗趴在地上，黑狗的屁股后面有半截猪大骨，狗头正埋在打翻了的移动婴儿床内……黑狗听到防盗门撞击墙壁的声音，转过头来露出满嘴的血污……

他急火攻心，当即昏倒！

隔壁那个冒失鬼，拿了一把菜刀，冲进他的家，飞过他的身体，朝趴在地下的黑狗没命地砍……

奇老太摸了几把麻将被来人换了下来。她急匆匆赶回家，出了电梯，正奇怪怎么家门大开，便发现了昏倒在地上的儿子和拿刀猛砍狼狗的年轻人，还有满地的血污，她立即发出了惊天动地的呼叫声。

儿子被奇老太的叫声惊醒，迷糊中看见奇老太抢过年轻人手中的砍刀向自己的右手砍去，撕人心肺地叫：

“该死的麻将，毁了我三代人……”

困　惑

顾建新教授点评：

小说写了一个打工妹的悲惨遭遇。她的生活虽然是富裕的，但精神非常空虚。没有事业，没有爱情，没有前途。与狗为伴，狗又丢失了。小说真实地反映了当代一些人的畸形生活状态，也给企图通过不劳而获过上好日子的人上了一堂深刻的教育课，小说的主题是积极的。设计的因小狗丢失主人入院的情节也是很好的。如有可以改动的，是要加一些她悲惨落寞的生活细节，就更能打动人了！

廖兰端着治疗盘向特护病房走去时，内心好生反感：屁大点事，就要住院，就要特护，有钱就了不起？

她挥挥手，让坐在特护床边的大叔让开，又示意病人把手中的照片放下伸出左手。她用猩红色的碘附棉球，在病人的手背上慢慢地擦慢慢地抹。她才不管病人的手在发抖。她把针头高高举起时，病人晕了过去。

“病人晕针，快，掐她的人中！”

一阵手忙脚乱后，病人缓过神来。

廖兰纳闷，这么年轻，至于吗？

护士长说，病人因为一只宠物狗不见了，几天不吃不睡。又不是丢了儿子，怎么这么不靠谱？

她看看病人凌乱黄发下那张泪迹的脸，闷声问道：“没吃东西吧？”

“我老婆已几天没吃东西了。”

老婆？廖兰刚刚缓过劲儿的神经又被刺激了。她瞧瞧比自己大不了几岁算个美人胚子的病人，瞄瞄两鬓斑白的大叔，真是，什么都不靠谱。她的不屑甚至没有考虑病人是否会看见。

输好液，大叔就回去为病人准备住院用品去了。

病人吃了廖兰拿来的酸奶，输了一些液，精神好多了。她用手梳理着乱发，看着廖兰：“护士妹妹，我看上去是不是很可笑？”

“哪有？”廖兰自顾自在吊牌上划着，也没看她一眼。

“我知道，你在笑话我怎么嫁给一个大叔……”

廖兰抬头看了看病人。

廖兰对病人的晕针多少有些自责，见她想向自己倾诉，便把记录牌拿下来，坐到床边，做出听她说话的姿态。

她是贵州人，八年前与同乡的莽娃一起来到盛城，在罗大哥的建筑公司打工。老板娘开车出了车祸不到两个月，罗大哥就对她穷追不舍。她放弃了莽娃对她的好，22 岁那年就嫁给了 39 岁的他。她以为嫁个有钱人，不用在工地日晒雨淋肩挑背磨，就能过上好日子了。

殊不知罗大哥老婆的家人，一口咬定是因为有了她这个小三，罗大哥的老婆才心情不好车祸而亡，而且把这种观点灌输给了罗大哥 10 岁的女儿。虽然她与罗大哥结了婚，但他的女儿坚决不许她进屋。为此他女儿离家出走过三次。

罗大哥没办法，就在渝南明珠旁边的林音美地给她买了一套房，他每天等女儿睡着了，再到林音美地来。第二天一早他又回渝南明珠。他女儿今年高中要毕业了仍然不认她这个后妈。

她自己也不争气，老是习惯性流产，到现在也没能生个一男半女。嫁给老罗虽说衣食无忧，却没有了打工那些年的快乐。

罗大哥为了排遣她的孤寂，六年前花三千元为她买了一只叫北京比熊的小狗。

狗狗非常通人性。她在盛城没有亲人，经常把自己的苦闷向狗狗诉说。它都会睁着圆圆的眼睛看着她说话，还时不时舐舐她的手。当她伤心流泪时，狗狗会趴在地上轻声哀鸣。六年来，狗狗与她寸步不离……

病人说到这里，泪水已从脸上滴到被盖上。她又拿起刚才的照片让自己的泪水奔腾。

病人的境遇和情绪感染了廖兰，廖兰的眼眶也潮湿了。

她站起身来在床头柜上抽了巾纸给病人，接过了病人的照片。

照片上的小狗全身雪白，一颗硕大的脑袋上有一对又圆又黑的小眼睛，它伸出红红的舌头看着廖兰。

“小狗确实很可爱。还没找到？”

病人擦擦脸，点点头。

“写个寻狗启事，说不定什么时候就有人送回来了。”

“写了。”病人侧身，从红色手提包里拿出了一张彩印的《寻狗启事》：

“我家小狗比熊，于三月二十六日晚六点多在林音美地一号楼附近丢失了。我找了它一整夜，像丢了孩子一样难过……”

启事很长，而且情真意切。廖兰感觉，她不是在找狗，而是在找她人生的寄托。

看着哭红双眼、面带倦色的病人，廖兰的心幽幽地痛。她走到窗前不让病人看到自己的泪水。

窗外车水马龙，当今的生活，恍惚间已走远。如果小比熊能找到，病人的生活是否就能风平浪静呢？

天际飘浮的云像一个大大的问号挂在廖兰眼前……

遗　嘱

秦德龙老师点评：

这篇小说这样开头很有味道，设置了悬念："接到表妹的电话，得知姨妈自杀了的那一瞬间，我的头'轰'的一声像炸弹炸了一般，人不由自主地从沙发上弹了起来……"

从姨妈的自杀，想到了病逝的姨父想到了下岗的表妹和轮岗的表弟，对自己没有照顾好他们产生了自责。当看了姨妈留下的遗属，我终于为姨妈的善良哭了出来："姨妈呀，你好冤哟……"

有头有尾是这篇小说的特色。

好的小说素材蕴藏在民间，你必须用自己的脚当锄头去刨才能刨到。

接到表妹的电话，得知姨妈自杀了的那一瞬间，我的头"轰"的一声像炸弹炸了一般，人不由自主地从沙发上弹了起来……

驾驶员开车送我到表妹家的路上，我还没有完全从姨妈自杀的噩耗中缓过神来。

上周，远在重庆的母亲专门打电话，叫我去看望生病的姨妈。母亲九姊妹中只有姨妈这一个姐姐了。姨妈只是拉肚子、吃东西不消化。她答应这周去矿上医院检查，怎么今天就……

她还没有从姨父去世的悲痛中解脱出来？姨父直肠癌去世已经三年了呀。

不对呀，上周她还在担心表弟表妹的工作。

三年前企业破产重组，被解除合同后的表妹回父母家，一边打工一边照看生病的姨父。表弟轮岗，一个月有工资一个月发生活费。

那天姨妈还非常焦急地拉着自己的手说，大明呀，你这个当矿长的表哥，想办法不要让你表弟轮岗嘛。

我知道姨妈的意思。虽然我是北京煤干院毕业的大学生，但是，能够坐上副矿长的位子，有南下干部身份、时任矿干部科长的姨父起了很大作用。姨父病逝，关照表弟，我责无旁贷。

但是，我也难呀。国家把我们这种老矿定为关闭对象，破产转型，精减人员，政策性强，各种压力也大。上万双眼睛盯着呀，稍有不慎，就会惹麻烦。

哎，姨妈也是，我又没说不想办法呀。我只是说缓一缓，等有机会再说。您假如因为这事想不通就走绝路，我可怎样向老妈交代呀。

汽车的摇摇晃晃加重了我内心的五味杂陈。

汽车缓慢驶进了已残墙烂瓦破败不堪的旧家属区。国家拨款 10 亿元，对矿棚户区进行改造，已有 80% 的职工家属搬出旧房住进新居。再等三个月，姨妈也该搬离她住了 60 多年的老房子了。想不到她没有住新房的福分。

我走进低矮潮湿阴暗的棚户房。表妹泪人一个。表弟两眼红肿。姨妈安详地躺在床上。要不是她穿着黑色的寿衣寿鞋，没有盖被子，你会认为她是在睡觉。

表弟说，姨妈前天去矿医院，医生对她的肠道做了检验。她可能认为她像姨父一样得了癌症，便悄悄买了寿衣寿鞋，请寿衣店老板写了遗嘱。今天叫表妹到医院拿化验报告，而自己却穿好寿衣寿鞋，吃了大剂量安眠药。当表妹从医院回来，姨妈就已经是现在这个样子了。

我接过表妹手中的化验单和遗嘱。

化验单结果为：急性肠炎。

遗嘱是用小学生的作业本纸写的：

我得了老杨一样的病。老杨每年花国家 10 多万元也医不好。我是家属，没工资没医保，不能报账。我不能拖累子女。他们都很困难。我去陪老杨了。我走后，不发丧，不告诉亲友。

詹科群（手印）

姨妈呀，你好冤哟……

艳　遇

顾建新教授点评：

作者用第一人称的叙述手法，浓墨重彩地渲染了“我”对租赁户倩倩妹的垂涎欲滴。初看以为是一对男女的风流韵事，结尾却陡转为一起蓄谋已久的诈骗案。在令人恍然大悟的同时，讴歌了公安部门对诈骗团伙的精准打击。既幽默风趣，又充满了正能量。信件悬疑的细节设计，也增加了文章的可读性。

“李大哥！”

我的眼睛从《茶花女》移向楼下，对面楼梯传来噔噔噔的奔跑声。倩倩妹跑上楼，看见我老婆坐在楼道上，瞪着两个大眼睛，她又慌忙转身，噔噔噔地跑下了楼。

我们这里是四合院的老式木楼。倩倩妹是楼下西厢房的租客。人虽然纤瘦，胸部却出奇的丰满。特别是她那暴露的乳沟已经惹起了木楼所有年轻媳妇的愤怒。年轻媳妇们只要听到她的声音，就用两只像探照灯一样的眼睛到处扫描自家的男人。

倩倩妹跑下楼，用两手做成喇叭状，对着东楼楼上的我说唇语，很是着急的样子。她是找我有事，好像还不想让我老婆知道。今天上午她的秋波已经砸得我心旌荡漾了。

见我明白了她的意思，她招过一个小女孩，躬身一阵耳语。小女孩拿起她手上的信封，噔噔噔跑上楼交给了我老婆。我老婆扫了一眼信封，起身进屋把门关上了。倩倩妹用手指指东面楼梯，示意我赶紧下去。

我是读书人，平时走楼道下脚都比较轻，怕惊扰他人。但今天我不管多么轻手轻脚，还是觉得鞋底在木楼板上的声音太响了。这对我无疑是一种巨大的精神煎熬。

好不容易走完了像万里长城的木楼梯，憋着的气还没敢放出来，就被倩倩妹拉着一阵猛跑。与倩倩妹十指相扣的一瞬间，一股强大的电流迅速涌向全身，使我产生了与“茶花女”奔跑在法国小胡同的幻觉。在我内心的燥热越来越猛烈的时候，那只纤纤玉手已拉着我跑到了小木楼的僻静处。

这是午休时分。小木楼外面与小木楼里面一样的安静。老婆与其说在楼道织毛衣不如说是明摆着在监视我。她说，自从倩倩妹来了，我就心猿意马了。我在东头看书，她就在西道织毛衣，大家都不午休。我有点纳闷，她怎么见了信封就进了屋，不监视我了呢？

刚到小木楼僻静处，倩倩妹没有拉我的那只手就往紧身弹力裤一插，蹲到地上尿起尿来。并说，你老婆把我尿都吓出来了。

我虽然一直想跟她发生点什么，想像《茶花女》里面的主人那样浪漫一回，但是，在没有起码的前奏没有必要的过程就直接看到她白花花的屁股还是让我这个读书人不知所措。我赶紧转身，被她抓住的手怎么甩也甩不掉。

“好，我看见了，是我老婆在勾引你。”

突然传来一个男人的声音，使我的头像天崩地裂一样。

说话的男人已把她的手与我的手分开。她仍然光着白花花的屁股蹲在地上。男人继续对我说：

“看来，这与你没有关系。”

面对这个慈眉善目、善解人意的男人，我要解释，应该解释。

“我……我们……没……”

“什么都别说，我不会怪你。”

他仍然友好地安慰我。

正当我开始平静时，不知又从哪里冒出四个大汉来，我的心立即紧张起来。

男人抓起她的头发，让她光着屁股转了几圈，接下来就是一顿沉闷的拳脚。有两个大汉也不问青红皂白对我大打出手。我本能用手捂着头，没敢发出一点叫声，我听到照相机的咔嚓声。

“别打了，别照了，我给补偿。”我捂着头小声央求，不知道是为倩倩妹还是为自己。

“大哥，你这不是侮辱人吗？”倩倩妹和我又被拳脚侍候了一阵，又响起了照相机的咔嚓声……

“你们说，要多少钱，才罢手？”

“兄弟，既然你都这么说，那么我就向你借五十万元吧。说好，只是借……”

“我……哪有……”

“那，我可就管不住他们了……”

“是呀，陈老四，你能不能少借点？！”

一辆摩托车风驰电掣般停在我们面前，有人接过了我们的话。来人继续说道：“陈老四，你想的恐怕不是借五十万元吧？你要的恐怕是他们的小木楼吧。你拍下了你需要的过程，但是，你看看那边山上，我们也摄下了你们的全过程。”

按他指的方向看去，在那片小杨树前面，有人举着警帽在不停地挥舞。而这时，我们早已被很多辆闪着警灯的摩托车包围。

“陈老四，我们已跟踪你们很久了。你前面的几个诈骗案，苦于没有证据，奈何你不得。这次，你一出动，我们就知道，有戏了。”

来人转过头，对呆若木鸡的我说道：“年轻人，艳遇不浅啦。走吧，做个笔录吧。”

六月雪

司玉笙老师点评

创业者终有善报，奋斗者必有收获，这篇作品揭示的就是这一主题，且当代色彩很浓。

作品采用倒叙和白描的手法，选取一个美丽的早晨让男主人公出场，登山爬坡，独览果林胜景，遥想十多年来一路走过来的坎坷和艰辛，再看看满山的“六月雪”，已是全国劳模的他无以言表，内心的自豪和感慨付之于这丰收的景象之中。

作品的结构比较紧凑，写景描物生动有趣，没有太多的对话却让人感到“功夫在诗外”，留有想象的空白。

犹绍华一个激灵翻身从床上坐起，正要大呼小叫，就听到了妻子不小的鼾声。他本能地憋了回去，用肥厚粗短的手指，把凉被慢慢从身上剥离，踮着脚走出了房间。他舍不得吵醒她。她忙前忙后，忙里忙外，连续好几天都是深夜才睡，太累了。

他走出房门，扑面而来的凉风让他意识到才寅时。

星光下，自己亲手修筑的水泥步道，像一条白色的舞带弯弯曲曲地通向山顶。即使是伸手不见五指的夜晚，他也能凭借水泥路泛出的微弱白光轻松走向山顶。十八年了，解放鞋在它上面不知磨穿了多少双。

在路过“知青井休闲亭”时，他瞄了一眼亭中模糊而又整齐的十几张八仙桌，在心里说，老婆，辛苦你了。

来到山顶，他抬头看了看天空，又垂眉扫了扫山冈，漫山遍野的“六月雪”与天空中闪烁的星星遥相呼应。

他明白了，今天为什么会在老虎出没的寅时被惊醒。

他已经不胆小了，已经不怕黑夜了。十八年前的往事在他眼前浮现。

十八年前，他用改革开放后跑了八年的汽车运输赚来的100万元，承包了这片废弃的“知青农场”，搞起了他喜爱的农业养殖。除了老婆，所有亲人都反对，都认为他吃饱了撑的，脑袋进了水。丈母娘抓住他老婆田友的两只胳膊，摇晃了好多次才说，田田呀，你们好不容易过上好日子，不能这样任由你老公把它糟蹋了呀。他老婆不紧不急地回答，妈，钱，是他自己辛苦挣的，他愿咋花咋花吧，您就别管了。

他第一次种下的几千株梨树苗，在烈日的暴晒下，裂开的地都暴了根。几千株树苗，全耷拉下了脑袋。浇水的工人下班后，还有三分之一的树苗没有浇完。看着张口要水喝的树苗，他像热锅上的蚂蚁，在苗林转来转去。

必须连夜浇水。

别看他牛高马大虎头虎脑，对黑夜却天生惧怕。他三步并成两步跑到正在做饭的老婆面前，说，晚饭我没心情吃了，我们的“孩子”正在向我们要水喝。老婆，我给你在山上搭个帐篷，你在山上睡觉给我壮胆，我去浇水，否则，“孩子们”会离开我们的。老婆扬起她被晒得黝黑的脸，默默注视他焦虑的眼睛，良久，什么也没说，退出柴火，跟他上了后山。这么多年了，她总是这样默默地支持她的丈夫。

两口子整整忙活了一晚上，但几千株树苗，还是没有挺过当年的干旱。

政府请来农科院的几个专家，实地考察后对他说，这里是页岩山地，水土易流失，趁现在只亏了十几万，放弃吧。

你们只需要告诉我，怎样才能让树苗健康成活？

看着满脸倔强的他，专家们调侃，看来你是不服输呀。要想种植成功，不能用化肥，要用农家肥改良土壤，让土里长出大量的蚯蚓，蚯蚓为你松土蓄水。

他一次买了五十头母猪，建起了养猪场。由于不懂打防疫疫苗，背着蓑衣在猪圈守了一夜的他，看到第一只母猪生下的是十多只死猪仔。其它的母猪也是如此。他又想到了请专家支招……

为了能让他的沟式施肥有充足的农家肥，他养了山羊，收购了周边农家的猪粪羊粪，又请了十几个村民帮工。他因为不断追加投入，越做越大的规模让他获得了全国劳动模范的殊荣……

绍华，绍华，电话，电话……东山刚刚露出一丝浅淡的白，心急火燎一边往山上跑一边大声呼叫的老婆打断了他的思绪。

他知道了，知道了今天为什么深夜被惊醒就睡不着觉的又一个原因了。

今天是他的新品种“六月雪”开园的日子，政府补助一百多万让他修通了水泥路，扩建了梨膏厂房，还派出交警和公务员义工，为他的几万斤“六月雪”开园保驾护航。估计订购雪梨的电话已经被打爆了。他扫了一眼满山遍野挂着的白色纸袋，小心翼翼在“雪林”里走动，生怕打扰了正在松土的蚯蚓。

盆山小学

刘勇老师点评

支教工作不能只喊口号，要落实在行动。盘山小学是边远山区小学的缩影，落后，简陋，什么都缺。“我”的出现，使读者看到了山区小学变革的希望。

本文视角独特，第二人称的叙述方式，增加了文章的可读性。

在县教育工作会上，你代表盆山小学参会，我们邻座。

你知道我是教育局新招考的大学生后，根本不把我放在眼里，只一味地用带着不屑的语气跟我大谈你们那个乡村小学。我对你毫无顾忌地在大会下面开小会的做法虽然有些不以为然，但是，你明显又从我的眼神里读出了我对你描述的学校充满了好奇。末了，你半真半假地说，到我们学校来吧，我们学校还有一个民办美女老师，她教数学、英语，我教语文、美声，正好缺一个管全面的科班老师，到盆山小学，你一定能体会到更多动人的故事。

我愉快地接受了你的邀请。我向教育局申请去你们那个偏僻的盆山小学工作。我获得了只有两个女教师的盆山小学校长的任命书。

盆山小学确实很偏僻，不但不通公共汽车，我问了九个村民走了九个小时的山路才看到它。

我站在山冈上，看到了与教育局展示的图片上差不多的盆山小学。

山冈四周是茂密的山林。山林有参天的古树和成片的竹林。学校坐落在不大的盆地中间。盆地四周是五六十度的陡峭黄沙岩。从山冈望下去，一条弯弯曲曲的黄沙小径，缓慢延伸到盆地中间的那几间青瓦平房。你说，这是学生们的草鞋踩踏出来的颜色。你告诉我，学生们一年四季都穿草鞋。

除了那条弯弯曲曲的黄沙小径通往盆地纵深，还有几条几十米的黄色凹槽直通山下。这些黄色的凹槽，在这个绿灰色的环境里很是扎眼。你告诉过我，这是学生为了走捷径，垫上几张毛竹的笋壳，梭出来的。那天，我还认为你是在逗我，我说哪有这么大的笋壳？你回应我，我们那里的毛竹像树那么高大，一人都抱不了，你可以去见识一下。你还说，老师对学生的危险举动睁一只眼闭一只眼，山里娃子跌打滚爬惯了，不伤筋骨。甚至那些村干部，还故意让学生上课时带点笋壳到学校，作为烧火做饭的火引。所以胆大的学生经常都是梭梭梭地下山，以节约下山的时间。

今天我确实看到了，在这个不大的盆地四周，生长着一种我从来没有见过的像树一样高大的毛竹，地上散落的笋壳，有洗脸盆那么大。我跃跃欲试捡了几张笋壳叠起来，想来一次梭梭滩，找回一点孩提时的记忆，试了几次，总觉得驾驭不了这么长这么陡的凹槽，担心摔了筋斗弄脏了衣服会被你们笑话，只能一步三回头地走向了那条黄沙小径。

我到学校已经下午5点钟了，学校已放学。没有看见那些梭梭梭滩的学生，总觉得有点遗憾。你带领村干部非常隆重地迎接我。村政府的办公室是一间大教室。除了三个村官，还包含你们两个乡村教师，都在一起办公。你把大家一一介绍给了我，包含你的美女同事小蓝老师。她远不如你活泼。

村长热情接待我的方式是专门为我杀了一只鸡。他说，我们没有专职的炊事员，我们又是官员又是教师又是厨子，我们共同做饭，共同吃饭。村长的话引来一片笑声。

为了接待我，你们开始忙乎。有个村官到地里去摘自已种的菜，有个村官抱柴烧水，村长操刀杀鸡，你烫鸡除毛，小蓝老师点燃笋壳烧鸡的绒毛。这种画面让我脑海里浮现出了在家乡的生活场景，内心有一种温暖。

我正在美滋滋地走神，你指着泡在盆子里的鸡肠子对我说，你也动动手吧？小蓝老师一下子把装有鸡肠子的盆子拉过去说，领导刚来，怎么能够让他干脏活？你满脸不屑地回答小蓝老师，什么领导，我们这里都是自己动手才能丰衣足食，不做事的人，是没有饭吃的。你突然变换表情，装作神秘的样子说，莫不成我们蓝妹妹见面的第一天就心疼校长哥哥了？偌大的办公室，瞬间被笑声填满。小蓝老师嘴里骂着你，看我不收拾你，起身来追你，她的黑色马尾辫伴随着笑声晃来晃去。

没有想到，我这个校长，到学校做的第一件事情，就是洗鸡肠子。

看来，这个盆山小学，正如你说的那样，随着我的到来，一定会发生令人愉快的故事。

病　三

司玉笙老师点评

主人公退休后方知健康重要，带着病体去苗子沟寻“养生宝地”，遇到一个白姓老者，借机侃侃而谈。看似不经意的交谈，作者却不动声色地揭示了一个主题：很多人看似有钱有权，其实都有病。只有无欲才是一种健康，方可长寿。

作品中，老板养的三塘透水鱼也有寓意：“他的到来鱼儿们无动于衷。他把刚燃的香烟放在塘坎上，顺手扯了一根长长的毛草，刚伸进水里，一群鱼就冲过来疯抢。一条鱼被他‘钓’出水面，又‘叭哒’掉进水里，溅了他一脸的水花。这些鱼真是饿了。”

“这些鱼真是饿了。”这一句很自然，也精彩，给人以无穷的想象。

王绍贤脸色蜡黄蜡黄的，医生说，他肝脏缩小了。他吃东西越来越少，还经常呕吐。医生说，他得了胃炎胃窦炎什么的，胃也缩小了。他 1 米 75 的个头，应该是很伟岸的南方人，却骨瘦如柴。不了解他的同事说，他在当办公室主任时，天天进高档餐厅，活该。他退休这几年，同事见面，还是夸他，瘦点好，瘦点好，人生难得老来瘦。他对同事的话外音装作不懂。于是，各自哈哈，欢快而散。

自从他给老中医送了两瓶好酒，老中医就规劝他，找一个空气好、水好的地方静养，比成天抱药罐子强百倍。这可是老中医的肺腑之言啊。

今天，他老早坐了两小时的公交，又走了半小时的山路，来到了一个叫苗子沟的地方。有人告诉他，这地养人。前不久，有个老太办了百岁酒。

虽然是初春，是早晨，他还是走热了，他把外衣脱下，顶在头上遮光。谁叫他周身是病呢？

苗子沟是一个东西走向的山沟，宽不过百米，海拔1200米。南北两边的山，南高北低，茂密的灌木和松树，让人无法钻进去。

山脚有弯的地方，就会有一两户农家，都是土墙青瓦房。沟内大约有十来户人家。

路边就近的屋檐下，坐着一个吸旱烟的老者，古铜色的国字脸上沟壑纵横。见有人来，他吧嗒几口旱烟，让嘴里冒出浓烟，静静地看。

见面熟的王绍贤，将递过去的香烟点上火后，就让这个安静的老者给他让坐了。只几分钟，他就从老者那里得到了想要了解的东西。

老者姓白，七十多了。那个在房后菜地摘猪草的老太，是她的母亲，前不久办百岁酒就是她。

要租房子，没问题。年轻人都出去打工了，空房多着嘞。钱不钱不要紧，多个说话的人就好。就怕你住不惯这土墙房。苗子沟冬天冻雪，冷风呜呼，外人说像狼嚎，第二天就吓跑了。路口那栋小白楼的老板，也只是夏天住几个月，平时网了鱼就走。老者说着说着，向他嘟嘟嘴，指向几十米开外的三口鱼塘。

这里有鱼钓太好了，谁的鱼塘？钓鱼多少钱一斤？有些什么鱼？他问。

白老汉为另一支烟接上火后不紧不慢回答他，鱼塘都是小白楼老板出的钱。鱼也是老板雇人背来的。草鱼、鲢鱼、鲫鱼都有，一斤到几斤重一条。

老板让鱼在塘里饿一年以后，才慢慢把鱼网走。一个塘网完了，用水泵把塘底的污物抽干，再补上几千斤。三个塘轮流下网。

这是透水！王绍贤忍不住插话。

好像是这么说。他们说，这里水好。南面山洞里的龙洞水，一年四季都是碗口粗，从来没干过。他们说，这里山高水冷，鱼不翻塘。只是可怜那些鱼，老板不喂食。鱼只能吃暴雨从树林冲下的东西，起塘的时候都饿小了。老板每月给他500块钱看鱼塘，就是不许别人钓。白老汉说着，站起来，带他走到路边，用烟杆指着鱼塘二百米的水库说，你要钓鱼，那里面有，土鲫鱼，指拇大，不要钱，随便钓。

王绍贤看了房，好说歹说，白老汉才收下他一千块钱，算他今年租一间土屋的租金。白老汉还建议他，随意挖一块荒芜的地，保证有吃不完的菜。王绍贤要离开时，白老汉坚决要到土里摘菜。说，没用农药化肥的菜，城里没有，他又吃不完。王绍贤客气不过，就到鱼塘去等他。

三口鱼塘成阶梯形排列。每口鱼塘都有一根碗口粗的塑料管在灌水。鱼塘里的水清澈见底，这是他从来没见过的。他弯弯腰摸了摸水管流出的水，凉得扎手。几十上百条一两尺长的鱼，大头小身，头朝上慵懒地挂在水中，偶尔摇一下尾以保持平衡。对他的到来，鱼儿们无动于衷。他把刚燃的香烟放在塘坎上，顺手扯了一根长长的毛草，刚伸进水里，一群鱼就冲过来疯抢。一条鱼被他“钓”出水面，又“叭哒”掉进水里，溅了他一脸的水花。这些鱼真是饿了。

他边“钓鱼”取乐边在想白老汉的话。老板花几百万装修小白楼，只享受20年的使用权，夏天才来住两月。500块钱请人看鱼塘，每月来网一两百斤鱼，豆腐也盘成了肉价。

他想着去摸索地上的香烟，却只摸到一个过滤嘴。他马上又点一支，放到地上。他看见一缕青烟飘飘渺渺地升腾，火头却一眨一眨地后退，不一会儿香烟就露出了一截白灰。他心里一阵感叹：苗子沟的含氧量比城里确实高上百倍。

他捡起地上的香烟，深吸一口，让烟雾从嘴角两边徐徐冒出。

第三辑　悠悠岁月

小人物的生活就是油盐柴米吃穿住行。但是，在物质生活不断满足的今天，对精神世界的追求毫无顾忌地向人们走来。亲近山水，吟诗作画，寻求爱情，渴望真诚以及那些彰显人性真谛的故事在默默地发生。

通往地狱的火车

孙楚老师点评：

小说通常写的都是日常生活中的情景。因为写的就是生活本身，所以很容易产生代入感。《通往地狱的火车》则采用了荒诞的手法，营造出了超现实的情景，给我们讲述了一个离奇古怪的故事。虽然最后通过归之于梦境的手法，重新转回现实，但是前面的奇特幻想，依然让人感触深刻。这就是荒诞手法最大的特点。因为超脱现实，所以独具特色。

我不知道怎么坐上了这趟奇怪的火车。

说它奇怪，是因为车厢像一个密封的大铁桶，听不到火车运行的轰隆声。车厢里的乘客也古怪。他们都用不同的姿势安静地坐在那里。

我试图打探火车开往哪里，连续问了几个乘客，他们都不搭理我。这让我产生了一种莫名的恐慌。

我向前排司机跑去。

奇怪，司机怎么是面向乘客的？他开车不看路么？这种疑问只一闪念。管它，还是知道火车开往哪里更要紧。

司机抬了一下眼，算是搭理我。

这时，火车慢慢停了下来。我的嘴张得像鹅蛋那么大：这个像铁桶一样密闭的车厢，停车后居然把车厢外面看得一清二楚。

火车外面有几个人经过。后面两个像古装电影里的捕快。前面两个是昨天被执行枪决的罪犯。一个是国土局长，一个是灭门惨案的杀人犯。昨晚的电视新闻我还记得清清楚楚。他们走向了后面的车厢。

在离火车不远处是一个景色优美的荷塘。荷塘周围有几个休闲亭。亭中人慢悠悠地品着盖碗茶，跷着二郎腿欣赏荷塘中白色和粉红色的莲花。

亭子外面站着捕快着装的人。他们好像在监视亭中人，亭中人却一点都不知道。

我惊喜地发现，同行陈矿长和安监局李局长也在亭子里！

李局长左手端茶碗，右手用茶盖在茶碗上轻轻刮了刮，小呷一口，慢悠悠说道：你欠我的 90 万元，交给我家人好了。如果没给，到了阴界我要找你要一个亿啰。陈矿长点点头。

我还想听他们说些什么时，火车开动了。火车开动后，外面又什么都看不见什么都听不到了。

不对呀，李局长不是因为索贿被判了无期吗？

陈矿长把煤矿想越界开采的事告诉过我。李局长要价 100 万元才给摆平。陈矿长当时只拿得出 10 万元，李局长就叫陈矿长写了 90 万元的欠条。李局长的儿子把夹有欠条的书借给了别人。于是，被举报到纪委。一根地藤带出多个瓜，李局长被查出几千万元的受贿。

李局长已获刑无期，怎么会到这里来喝茶，90 万元怎么会变成一个亿呢？

莫非，刚才被送到后面车厢的那两个人也在亭子里喝过茶？莫非，在亭子里喝茶就可能被送进后面的车厢？

正当我百思不得其解时，火车又停了下来。司机向我做了个手势。

顺着司机的手指的方向，我看见车厢居然开了一个门。我欣喜若狂，一个箭步射出车外。管他哪个局长，逃命要紧。我被甩在地上都不知道痛。

火车慢慢从我身边开过。火车只有 4 节车厢，没有车头，没有铁轨，在一条弯弯曲曲的路上缓慢地向黑暗延伸。这趟火车真是太奇怪了。

公路对面出现一老一少两个女人。离她们头顶几十公尺的山崖上有一条白色的山路，很耀眼。山路通向天际。

在这个荒郊野岭，看到两个大活人令我异常兴奋。我快速朝她们走去。

年长的妇女不等我发问，就对青年女子说："你跟他走吧。这里还不是你该来的地方。你是他下辈子的老婆，他会带你从上面那条路回去。"说完，她也不搭理我，转身朝火车开走的方向走去。

她们在这里等我，等我坐这趟奇怪的火车来把小女子接走？我一脸狐疑瞟了小女子一眼。

咦，这不是丹丹么？几年不见成大姑娘了。记得三年前，她晃着手里的录取通知书说，大伯，你帮扶了我九年，我考上重点高中了！那时，她的脸上写满了欢笑。

"丹丹，你怎么在这里？"我充满了惊奇。

丹丹瞪着两只大眼睛，比我更惊奇。但是，她什么也没说。

罢了，罢了。不说就不说。我今天撞鬼了，都不搭理我。

我按妇人的吩咐，抓住丹丹的手，准备把她带走。我抬头看了一眼陡峭的山崖，怎样上去呢？

这一眼发生了奇迹。我像获得了一种神力轻轻地飘飞起来。我牵着丹丹，飞过了山顶，飞向了天空……

正当我忘情享受着飘飞的美妙时突然从空中跌落，仿佛要跌入万丈深渊，我被吓得魂飞魄散。我大叫一声猛然惊醒，发现自己站在书桌旁边，心还在咚咚乱跳……

原来，我已被双规，在写交代材料时趴在桌上睡着了。手里紧紧抓住的不是我的帮扶对象丹丹，而是丹丹送给我的生日礼物——一支普通的金光牌钢笔。

好　酒

陈玉兰老师点评：

“千里当官只为财”。利用职权谋私利，这是当今一些人的“合情合理”的做法，作者为此进行了明讽暗嘲的揭露。小说家们常说，作品的首要功能是给读者带来消息，就是告诉人们一些不为人所知的事情。在这里，作者告诉了人们一个不为人知的秘密——“好酒”究竟“多好”。作者的构思可谓独具匠心。

“王秘书，市安监局来人，你在国大酒店订两桌，顺便拿一件酒过去。”

“主任，拿哪个规格的酒？还是在蕾蕾专卖拿吗？”

“哎，估计也没几回了。去拿五粮液吧。”

王秘书来到办公楼下时，小曹的伏尔加轿车已在等他了。

那个爱唠叨的小曹，知道他到蕾蕾专卖后，一个劲地埋怨：“还去拿刘书记老婆的酒呀？又贵又假！听说刘书记下周就……”

“你知道你为什么不能开长途挣高奖金吗？就是你那张臭嘴！”

小曹赶紧把嘴闭上。

眨眼工夫专卖店到了。小曹刹住车，把眼睛一闭，头一歪，在驾驶室睡起觉来。

王秘书刚叫蕾蕾名酒专卖店的工作人员把一件五粮液装上车，就接到了主任的电话，说刘书记叫把今天下午办公会的纪要搞出来，要他把饭局安排好后马上加班。

王秘书的头一下窜上火来。这些领导真不消停呀，吃顿饭都不清静。他把车门"呯"的一声关上，推了推假睡的小曹问："哪里的酒更假？"

小曹迅速睁眼转身："换酒？"他心领神会，把车一溜烟开进一巷内商店，把蕾蕾专卖那件五粮液往柜台一放："老板，换酒。"

老板小心翼翼检查了防伪商标，又透过酒瓶分析了商标背后的验证码，为小曹换了一件假五粮液和五十斤上等老白干。王秘书把五粮液送到国大酒店，把老白干送给小车房，就回办公室加班去了。

晚上八点多钟，主任左摇右晃碰开王秘书的办公室，把酒瓶往桌上一放："刘书记要调了，为了留下好印象，今天终于卖了一次正宗的五粮液。给你留了半瓶。"

王秘书瞪着酒瓶的眼睛比牯牛的眼睛还大。

较　量

冷清秋老师点评：

从拟定题目开始，整个作品的设计就是要揭露那看似强大背后的虚弱。作品结尾把何伦受惊比喻成山羊被麻醉枪击中，慢慢地滑到了地上——这可谓是点睛之笔。

这样的结尾恰到好处地终止了情节，让故事在一个高潮点上突然结束，留给读者无尽的回味。这个时候人物再多说一个字都是多余的。情节再往后多讲一分，都可能让高潮走向低落。而整个事件不会就这样结束，备受打击的男人伤痕累累，他也许会咆哮，也许会哀号。但是他现在犹如被麻醉弹击中了一样，身不由己。所有的情绪都被这暂时的静默给压抑起来，让整个人的内在情绪暴涨到一个高点。

在一个大家司空见惯的情节中，能敏锐地把握住作品的写作脉络，恰到好处地把氛围塑造发挥到极致，触动人心，引发叹息或嘲笑的共鸣。这既需要技巧，也需要写作的眼光和能力。

何伦的心情不是一般的好，是语言无法形容的好。只见他猛踩油门让奥迪狂奔，一只手还送到嘴里打出响亮的口哨来。他是去公园赴静水之约。

静水已经一个月没有理他了。

一个月前，他订了两张到泰国的机票，欲跟小情人好好领略异域风情，缠绵于无人知晓的异国他乡。准备接她去机场时，她在电话中说，她给她妈也买了一张机票，她妈没去过泰国，这次同去。

“你搞错没有，我有老婆儿子，怎样面对你妈？为啥不提前告诉我，让我有点心理准备？”他涌动着一股无名之火。

他不能去。他让驾驶员送她们去了机场。

何伦担心，一旦婚外情曝光，自己就会官位不保。他给陈副局长当了三年秘书，陈副局荣升正局后，他才从一个小秘书变成二级单位的总经理。年薪 15 万元，加上红包黑包，一年收入不菲。他才 35 岁，风华正茂。再加上有陈老大罩着，同级干部都说他前途无量。他不能因为一个小美人丢掉自己的大好前程。

静水是去年应聘到公司的出纳员。何伦准备破格安排她接任公司会计，让她享受公司年薪。她是财经学院毕业的本科生，估计公司不会有太多人反对。

但是，从泰国回来后，她再也没有像先前那样，经常晚上约他去浪漫了。两人像一般的同事，公事公办，下班后互不联系。他也没有在办公会上讨论她换岗的事。他要用权力暗中给她设障施压，让她重新屈服。

才一个月，她便屈服了。

“跟我斗，你还嫩了点！”今天晚上一定要在公园来个“青山依旧在，浪漫树林中！”他的身体开始躁动。

静水已提前到达了公园大树下。红色的喇叭裙，白色的吊带小衣，在盛夏晚霞的映照下，她像一只展翅欲飞的火烈鸟。

真好看！

“来了？”何伦面露微笑，想来个一笑泯恩仇，缓解一个月来的僵局。

静水没像以前那样小鸟依人般投入他的怀抱。她神淡气定，一脸贵不容侵的表情。

她只是展开手中的纸片："这是人民医院的孕检报告。我怀孕了。"

何伦大惊失色，全身肌肉抽搐了一下。

很快他又镇定下来。他甩甩手中的化验单："怎么没有检验科的印章？"

"我知道你不信。你老婆也不信。"

"你疯了，找她干什么？！"

"不要大惊小怪。你老婆早就知道了我们的关系，只是没有戳穿你。我下午找她谈判，建议她把你让出来。我现在怀孕了，要她跟你离婚。她不信的话，我让她陪我去医院检查。"

何伦惊得两眼都要凸出来了，全身的肌肉快速抽搐了几下。

"她同意跟你离婚，让你净身出户。她说，你是过错方。"

何伦全身虚汗直冒……

昔日风情万种温柔可爱的小美人，今天在何伦的视线里是那么的模糊，那么的陌生。平时那双美丽的眼睛，此刻却令他从心里产生一种像见到老鼠眼一样的厌恶之情。她的每一句话，都像一根钢针，狠狠地刺向他的心脏，刺向他的太阳穴……

他无力地靠在大树上，瞪着充满血丝的眼，死死地盯着那两片薄薄的嘴唇继续一张一合。

"其实，你老婆不同意离婚。我说，不离，我就举报。我有你贪污的证据。我知道，你也不想离婚，也没打算娶我。但我有了你的骨肉，只能嫁给你。我妈也同意我嫁给你。我妈在那边等我。你回家吧。你老婆等你回家签离婚协议。"说完，她独自离开了。

"回家？回家？"

何伦只觉得天旋地转，大脑一片空白。他像一只被麻醉枪击中的山羊，慢慢地滑到了地上……

账外账

秦德龙老师点评：

《账外账》有看点。结尾，“小伟急火攻心，哗地喷出一肚子的污秽来……”一语双关。

一个好作家，他的人文立场一定体现在同情弱者上。这是基本的良知。

小说里的作家，是躲在作品人物背后的隐形人。

文学到了一定境界，就是灵魂的倾诉，是生命力的自然喷涌。

一个作家必须深入到人类的心灵里去。

张小伟在青岛大酒店接受客户的宴请，刚端起酒杯，供销科长唐林就打来电话说：“张总，今天上午审计处来公司，下午监察处也来公司，该下班了，财务科的门还关着，会不会有麻烦？”张小伟很不耐烦地说知道了。心想，年度正常审计能有什么麻烦，这个唐林。

三杯酒刚下肚，审计处的老同学打电话来，还很神秘：刚才到你们公司查账的同事说，你们公司账务有问题，说完就挂了电话。唉，这个老同学，就想到鹏程公司来任财务科长。他摇了摇头。

酒局还没完，他又接到一个陌生电话：陈静的账外账被监察处收去了……

张小伟喝得通红的脸唰地一下就白了。苍白的脸上涌出了豆大的汗珠，头发里渗出了酒气……

财务科长知道出了状况，站起来对客户说，张总喝多了，我扶他回房。

回到宾馆房间，财务科长立即拨打公司会计的电话，关机。又拨打出纳员的电话，也关机。说好 24 小时开机的，怎么关机了？打电话问二人的老公，都不知道二人的消息。

“张总，她们肯定出问题了。看来这事必须由你舅舅出面了。”她说话有点哆嗦。张总拿电话的手也有点抖。舅舅不在服务区。拨给舅娘，舅娘说舅舅到国外考察去了，要半个月才回来。

张小伟急火攻心，哗地喷出一肚子的污秽来……

枪　声

秦德龙老师点评：

作者有声有色地向读者描述了一段警察制服歹徒的故事。

小说不是现实，它是个人的心灵世界，这个世界有着另一种规律、原则、起源、归宿。它是筑造心灵世界的材料。

小说的价值是开拓一个人类的神界。作家们都在为小说的现实而困扰，他们想尽一切办法，要将小说与真实拉开距离。

小说的目的是要创造一个独立的心灵世界。

“哥们儿，最近兄弟手气背，借点银子花花。”陈亮到医院看望住院的老婆，没想到刚走到三楼廊桥上就遇到了抢劫。

陈亮一惊，瞟一眼一高一矮两个歹徒，眼扫三楼过道……

“午休，没人。”

歹徒狡诈一笑，用袖子里藏着的刀顶住他的腹部退回廊桥，把他推进医院废弃的杂物间。

“冈哥，这小子钱包手机都没有。”

正在矮歹徒一脸沮丧时，发现了陈亮手中的车钥匙。

“他有车，把他的车开走！”

“你是猪呀？老板说停车场有保安有监控，你想自投罗网？”脸上有刀疤的高个子歹徒没好气地臭骂。

陈亮对歹徒的对话一头雾水。“老板”是谁？老板为什么叫他们到医院抢劫？好在，钱包手机忘在了车上，可以逃过一劫……

“哎哟！”

刀疤脸突然狠狠踹了陈亮一脚，陈亮一声惨叫后怒视刀疤脸。

“瞪啥子瞪？到三楼检验科打电话叫家人送钱来。老子警告你，你敢反抗就刀刀见血。”

矮歹徒右手袖子里的刀顶着陈亮的右腰，左手从身后绕过去抓住陈亮的左臂，“扶”着陈亮向三楼检验科走去。刀疤脸留在杂物间接应。

检验科取化验报告的窗口很小，陈亮把头伸进去，歹徒就看不到里面的情况。陈亮低头的瞬间在想，在检验科里看到一个警察该多好啊。但里面一个人也没有。

歹徒很谨慎。陈亮弯腰把头伸进窗口，歹徒顶着陈亮的刀子就跟进；陈亮取出电话机后退，歹徒顶着陈亮的刀子也后退……

说时迟那时快，陈亮以迅雷不及掩耳之势，趁歹徒后退时猛一转身，将手中电话机向歹徒脸上砸去，同时歇斯底里地喊叫：“警察，快出来抓歹徒，抢劫了！”

陈亮用力之猛，不但把电话线拉断了，还把歹徒砸退了好几步。电话机的哐当声、陈亮的惊叫声，让歹徒以为检验科内真有警察，捂着脸没命地跑了。

“歹徒在哪里？”

随着声音，从检验科里果真冲出一个警察来。

“往杂物间方向跑了！”

警察的出现，让陈亮像看到救星一样兴奋。虽然警察个子不高，岁数有点大，但古铜色的脸充满自信。特别是他手中的枪令陈亮精神振奋。歹徒的刀子算什么葱？！

陈亮带着警察往廊桥上一边跑一边想，待会儿老子要踹他龟儿子八脚才解心头之恨……

“歹徒在那里！”

刚跑到廊桥上，陈亮看到那两个歹徒在几十米外的小路上奔跑，再跑十几米，进入树林就抓不到了。他立即向警察报警。

“站住！举起手来！再跑就开枪了！”警察厉声警告。

歹徒一听“开枪”二字，转身就往地下扑去……

陈亮正要冲过去抓捕歹徒，却在歹徒倒地的同时，“叭”地响起了一声沉闷的枪声。陈亮和警察本能地站住了。

“他们有真枪。我是假枪，打不响。我们投降。”

陈亮还没有从枪声中回过神来，就听到警察大声向歹徒投降了。

陈亮的肺都气炸了。啥子警察哟，地地道道的怕死鬼！陈亮两眼怒视警察，仿佛要跟警察拼命。

“小伙子，我来医院体检准备退休了，犯不着丢了性命。”警察一边说一边举起双手，拇指勾着假枪向歹徒方向走去……

陈亮想跑，怕歹徒开枪，又不愿像警察一样投降，定在了原地。

这时，趴在地上的歹徒慢慢从地上爬了起来，脸上还有了几分得意。

当歹徒刚刚站起，老警察就魔术般将勾在手指上的假枪握在了手里，随着强烈的闪光和嗞嗞的声音就听到两声惨叫，歹徒像触电一样倒在地上。

警察头也不回，盯着歹徒的脚，向陈亮喊道：

“小伙子，过去用他们的鞋带把他们绑了。”

“80万伏电击枪！”陈亮兴奋地大声呼叫。他当过保安知道它的利害。

陈亮恍然大悟：警察是用假投降麻痹歹徒，好让自己在有效距离内制服持枪歹徒。他向小个子警察投去崇敬的一瞥，快速冲向歹徒……

婉 茹

刘勇老师点评：

《婉茹》描述了一种质朴的爱。全文语言轻松自然，结构合理。作品通过老两口关心子女生活而牵出人间博大的亲情。老两口是静态的，女儿是动态的。以静态心去寻动态的女儿，自然要费一番周折。这也是作品的中心亮点。文中通过几个细节让老两口的心悬起来，甚至想到孩子会不会轻生？让不平静的心荡起一圈又一圈的涟漪。这些描述，增加了现场感，也为作品增色不少。这篇作品沿着主人公的性格特征作横向扩展，故事虽然平淡了点，但不失生活的本真。这或许也是本篇作品生命力之所在。

“世惠，婉茹不在家，电话通了老不接，你把钥匙送过来？”

世惠挂掉仕仁的电话，拨了几次婉茹的电话，也是通了不接。心里骂道，死女，又忘带手机了，转身向车站走去。

世惠开了门，就往婉茹的卧室里闯。仕仁把塑料包丢到茶几上，屁股落在沙发上，甩着站了老半天的酸腿。

世惠在房间转了两趟，说：“他爹，今天婉妹休息，没赖床，地也拖了，沙发套也换了，阳台的花也浇了，像是有什么人要来？”

“他妈，已 11 点了，要不，我们就不回去，把饭煮好，等婉茹回来？”老两口对视，会心地笑了。

老两口同时伸手去拎茶几上的塑料包。那是他们退休生活的战利品，没用化肥农药的绿色蔬菜……

婉茹是老两口的幺女儿，也曾是老两口的骄傲。她不但传承了音乐老师妈妈的文艺修养，还遗传了地质工程师爸爸的缜密思维，诗词书画都很棒。90 年代的中专生，不但嫁了一个大学生，女婿还是爸爸的徒弟。那些年，老爸老妈真是长脸，同事邻居的赞美经常让老两口脸上堆满了笑。

事情坏就坏在那几年。人们疯狂地追逐金钱，灵魂都像被扭曲了一样。女婿嫌地质工作又辛苦又不来钱，辞职去了海南。没想到，钱没赚到，还因赌博被判了刑。婚姻破裂不说，婉茹也成了老两口的心头病。

那时，她才 30 岁，如花似玉，心性高远。带了一个几岁的拖油瓶，一般的男人很难进入她的法眼。

老两口多次托人介绍，希望她尽快有个家。都四十多的人了……但她总是打断老妈说，我的事你们就别操心了。前几天母女俩还为这事闹得很不愉快……

不到一个小时，桌上就有了番茄鸡蛋汤、凉黄瓜、火爆藤菜、鱼香肉丝，标准的待客家宴——三菜一汤。老两口心满意足地坐到沙发上给婉茹打电话。

还是没接。

70 多岁的仕仁有点疲倦，坐在沙发上打起瞌睡来。世惠把老年手机放到茶几上，按下免提，时不时按一下重拨键，又顺手拿起茶几上的《婉约词赏析》翻了起来。

一张有些发黄的照片掉了出来。那是两个女人欣赏桃花的风景照。一个是婉茹，一个是幽兰。

“幽兰？”世惠的心顿时有了一种莫名的紧张。

幽兰是婉茹卫校的同学、同事、闺蜜，几年前因为个人感情跳了楼……

“老头子！老头子！”世惠的声音有些慌乱。她伸手摇醒仕仁，把相片凑到他面前。

仕仁在迷迷糊糊中看看相片，看看世惠，又摇几下头，睁大眼睛扫视房间……

平时，婉茹休息，都要尽情地赖床，今天怎么这么早把房间收拾得这么整洁？怎么老不接电话？怎么中午了还不回家？怎么翻出了幽兰的相片？

“快，打电话，打她朋友的电话！”

世惠的手机在手上不停地抖动，没有拨通一次电话，手机就两次掉到了沙发上。好不容易拨通几个人，都说婉茹没有跟她们在一起。

“拨单位领导的电话！”世惠焦急地自语。

世惠刚翻出婉茹领导的电话，却被仕仁摆手制止了。他摇着头说：“有幽兰事件，不……不能拨。”世惠抬头盯他一眼，不住点头。

“等等吧”，两人轻声自语。

两个老人就这样看着桌上飘缈的热气慢慢地变少，他们相扣的十指汗气升腾……

“嘟嘟，嘟嘟嘟……”

是“婉茹来电”。世惠甩掉仕仁的手，急急按下电话键，发出变了样的声音：“你这个……”

仕仁赶急用手势阻止她要说的话。世惠掩住了自己的嘴。

免提传来婉茹的声音：“妈妈，对不起。电话调成了静音，刚看到你们那么多来电，让你们担心了。”

“你……你这是在哪……哪里？”

“在鱼子岗。我想找领导换岗，每月能多挣1000元外勤费。儿子下月专升本要多花钱了。领导要我陪他钓鱼，晚上到家里来加工。”

世惠和仕仁如释重负地瘫倒在沙发上。突然又坐起身来盯着对方，把对方的手抓得很紧很紧……

哥 哥

刘勇老师点评：

作品描述一个与疾病抗争的人，全文结构合理，叙述自然。

我的老师韩石山曾说过，写作是一种智力的较量。很值得我们深思。一位小说家，不仅是一位社会活动家，还应是社会的洞察者。陶波的作品在绚丽多彩的世界中，阅如夏花之绚烂，读如秋叶之静美。

陈亮最小的妹妹得了白血病，打电话征求陈亮的意见，是用药物保守治疗还是换骨髓手术治疗？

陈亮有一个姐姐两个妹妹，他是老二。只有他读了几年大学，还是政府部门的处长。父亲去世得早，他自然就成了几个姊妹的主心骨。他与姐和大妹一商量，都同意为妹妹做骨髓移植。

第二天，几姊妹都到医院做了血检。陈亮又向一个企业借了二十万元，为妹妹垫付了手术费押金，说好出院报账后才归还。他还悄悄把一张几万元的银行卡给了妹夫。

妹妹进入无菌化疗室不久，妹夫就打电话来，说妹妹无法忍受化疗带来的痛苦，已经休克两次。医生说，这是正常反应。但是，她拒绝用药，拒绝化疗，所有人劝她都不听。妹夫说话已语无伦次。

陈亮安慰妹夫，他马上到医院。还吩咐妹夫把读初中的外甥也叫去。

陈亮来到三甲医院的血液专科住院部，妹夫一大家子和姐姐已在那里焦急地等着。亲人们期盼的眼神，让陈亮感到了无形的压力。他深吸一口气想放松自己，而手机却在无意识中被攥得更紧。

一个像防化兵着装的医生过来吩咐陈亮："与病人交流的时间不多。要尽快说服病人，稳定情绪，配合治疗。否则，医院也爱莫能助。"

陈亮穿过长长的通道，拐进一个狭窄的阳台。阳台上有个木凳。避光窗帘在缓缓上升。窗台上露出个红色的座机电话。

隔着密不透气的玻璃窗，陈亮看到妹妹坐在无菌化疗室内，剃去了秀美的黑发，戴了个白色的病员帽，泪眼婆娑，拿着电话急切地等待通话。

陈亮开始心疼起自己的妹妹来。他觉得她像被判了极刑的犯人，在与亲人用电话告别，只不过她是在一个安静而明亮的无菌囚室里罢了。他想指责妹妹的想法一下子就没有了。

"哥，我实在受不了了，吃什么都吐，喝水都吐。我不化疗了，我宁愿死都不化疗了。"陈亮刚拿起电话机，妹妹就连珠炮似的发泄开来。

陈亮等妹妹发泄得差不多了，叹了口气说："实在受不了，就停止化疗吧。"

妹妹大概听多了方方面面的规劝，只有从哥哥这里得到了理解和同情，她睁大了眼睛。

"真的？哥也支持我？"

"我一贯都支持你。记得你几岁的时候，我在路边捡到一只才几天的小鸭子，你喜欢得不得了，天天陪小鸭子玩。有一天，你哭着告诉我说，小鸭子成天扬起头叫个不停，也不理你。你挖的蚯蚓也不吃，是不是生病了？我说，它是在找伴。于是，你非要我去再捡一只回来。

我告诉你，哪里还能捡得到？只有到菜市场去买。那时买一只小鸭子要一角钱。我们不敢向妈妈要。于是，我拉着你和三妹到大河边垃圾堆捡了三天废铁，卖了一角三分钱。花一角钱在菜市场买了一只小鸭子，剩的三分钱买了三颗水果糖。你高兴地拍着冻得像胡萝卜的小手说，小鸭子有伴了，小鸭子有伴了，那个快乐劲儿，比吃在嘴里的糖还要甜。”

妹妹被哥哥的回忆所感染，心情平静了一些。她接过陈亮的话说：“我每天早晨把它们带到大河里去吃鱼虾，晚上我一唤‘鸭儿嘀嘀嘀……’它们就张开翅膀‘扑扑扑’从河中间飞到我面前来了。”

“如果你不化疗，几年后，哥哥也要成孤独的小鸭子了。”陈亮看时机已到，开始开导妹妹。

“哥，我知道，你们大家都是为我好。”

“是啊，有时候，我们不能只考虑自己。还要考虑亲人们的感受。就像你考虑孤单的小鸭子的感受那样。”

“哥……”

“我坚信，凭你对小鸭子的爱心，一定能渡过难关，坚持到胜利，让亲人们放心。”

这时，外甥来到了窗前。

“幺儿，你在上课哒嘛，怎么也来了？”

外甥拿起陈亮递过的电话：“妈妈，我来为您加油。”他向妈妈做了个鬼脸，把自己用A4纸画的画用双面胶粘到玻璃窗上。陈亮从画的反面看到，画面中有几个心型。每个心型中有一个不同颜色的字。

妹妹平静的心情又激动起来：“谢谢幺儿鼓励！谢谢哥哥！”

这时，电动窗帘开始徐徐下坠。难得的冬日阳光洒在窗帘上，是那样的柔和而温暖。

情　愫

秦德龙老师点评：

我这个“男妇女”跟女知青们混得很熟。我对小芳有一种说不清的情愫。可是女知青们不许我欺负小芳这个小姐姐。她们一只手抓住我的脑袋原地转圈的味道不好受。但是，我对小芳则难以释怀，我听说，接她回城的车出了车祸……

这是一段刻骨铭心的爱情，曾经把千万人感动。

作者既是记忆的保管员和记录员，也是未来社会理想状态的“想象者”。

马尔克斯说，小说是用密码写成的现实。一个小说家最正确的动作之一就是耳语，用一个最亲密的距离向人诉说自己内心那些关于时间的记忆。

1976年夏天，高中毕业后我就响应号召下乡到綦江古剑山下成了“新三届”的知青。

我们生产队是全县的富裕队，一个劳动日一块零五分钱，比政府干部每月二十七块五毛的收入还高。一个全劳力的妇女队长每天才挣七个工分，我是男知青，特殊照顾每天六个工分。由于我什么农活都不懂，就跟在妇女队干活。

生产队有三个往届的重庆女知青。第一天上班，就有两个女知青悄悄地往我身后一站，然后一拐一拐地走开说："还没有我高还要比我多一个工分。"弄得不满一米六的我在妇女们的大笑中很是窘迫。

上班没几天，我这个"男妇女"就跟三个女知青混熟了。她们仗着比我大几岁，收工的钟声一响，就有一个姐儿紧走几步抢到我面前，把巴掌放到我的头上，连推带拽绑架我到她们的女知青小屋，去玩四个人才能玩的"拱猪"纸牌。就连比我矮 10 厘米的小芳也乐此不疲。那时没有电视，玩纸牌是乡村唯一的高级娱乐。她们约定，谁先输满一千分谁就去做晚饭。她们经常斜着眼睛看着我说："别看是个小毛弟，两个肩头扛的脑袋瓜还满灵光，每次都只会白吃，不做事儿。"

我呢，只要她们有谁把手放到我的头上，我就半推半就跟着走。除了不做事，我心里还有个小九九。

如果扑克牌玩腻了，或者晚上下大雨，我就给她们摆故事。摆安世敏的故事，摆一只绣花鞋的故事，摆鬼故事。我把这些故事篡改到我们县，甚至说特务挖的地道就在我们古剑山的脚下。她们就会吓得不行，就会不让我走，就会让我住下为她们壮胆。她们把那张大牙床让给我。有时候那张大牙床的另一头就不知不觉地多了三个人。跟姐儿们同睡一张大牙床，我除了有一种男子汉的满足感，内心还有一种异样的舒适感。那时我已经 17 岁了。脸上还不时冒出几颗青春痘来。

九月九日的下午，天气很闷热，我跟着妇女队在坡上"翻"干田。我们队是沙地，夏天的太阳总会把田土晒出一道一道的裂口。被晒干的沙田，一锄头下去便火星四溅。我们队不是挖干田，而是"翻干田"：几个人用锄头或钢钎把沙田一大块一大块撬翻转，一下雨，干田自然就松软了。我同妇女队长几个人正在费劲地撬一块很大的沙土时，生产队的广播里响起了慑人心魄的声音："紧急通知紧急通知，社员同志们，马上收工马上收工。今天晚上八点中央人民广播电台有重要广播。各生产队组织好本队社员按时收听。"所有人都停下手中的活计，倾听着不断重复的公社广播。

人们的政治觉悟很高。都明白国家有重大的事情发生，都一脸严肃地收工，都默默地回家做饭，都没有人去议论。

我跟着女知青到了四合院。四合院是厚厚的土墙青青的瓦，天井的地坝很宽大。地坝四周高出几十厘米的干檐坎也很宽。院坝里干檐坎上早早就站满了人。每一个人心里都在猜测。当广播里沉痛地宣布，我们最最敬爱的伟大领袖毛主席在凌晨不幸逝世时，整个院坝立刻悲声骤起。杨犬哭天喊地一屁股把长凳坐断了；很多妇女抱在一起痛哭；李大娘和张大爷昏倒在地；我也抱着一个女知青在哀号……院坝里所有的人都把他们最真挚的情感献给了自己的领袖。当天晚上，我还冒着黑夜赶回县城，参加后来的全县悼念活动。

举国哀悼完毕后我回到生产队，三个女知青只有小芳回来了。我就到她那里去闲侃。我大胆地看着她。虽然她比我大三岁，可是个子小。我的眼睛里时不时冒出那种哥哥对妹妹的眼神来。她娇羞地把过腰的长辫摔到胸前，鼓起大眼睛瞪我。那眼睛太水灵。我的内心不但没有歉意，还有一种甜蜜感。但两个大姐大在时，我就不敢耍这种小动作。她们一只手抓住我的脑袋原地转圈的味道不好受。她们不许我欺负这个小姐姐。

两年后，犁田、筑坝、栽秧、挞谷我都会了。我的工分也超过了妇女队长，达到了八分。可是她们三个却按政策陆续回城了。在送走两个大姐大，等我为姨父奔丧回到生产队时，小芳也顶替他老爸回重庆了，不幸的是，接她回城的车竟然出了车祸……

妇女队长来告诉我这个不幸消息时，我从坐凳上弹起来，眼泪瞬间模糊了双眼，人一下子仿佛进入了另一个世界……

宇宙的裂缝

司玉笙老师点评：

这是一篇励志作品。主人公没有因为对方忘掉了他们的星星他们的天空，忘掉了宇宙的裂缝和宇宙外面的世界而丧失激情和斗志，相反更激发了他的活力。

作品中两个年轻人眼看“生米做成熟饭”，就因男方是个矿工，在女方家看来，那是一个卑微和带有危险性的工种，女友并以“我怕怀孕”为借口婉拒了“秦晋之好”。生活中，包括爱情都具有很大的变数，就是在这变数中，“大丈夫不为绝情而悲恸，奋发图强自有更大的天地”，在“裂缝中”拓宽了人生之路。

作者是有生活的，对生活和爱情有深刻的感悟，这篇作品有很强的启迪意义。

在无数次仰望星空的夜晚，采煤工右才总结出了他的第一个人生哲学，那就是他不比任何人伟大，也不比任何人低下。那一年他18岁。

右才赶上了粉碎“四人帮”的春风，政府照顾特困家庭，他被特招到直属一矿，成为全国第一批具有高中学历的采煤工人。对于他高中毕业不用上山下乡就捧上了铁饭碗，很长一段时间成为同学邻居羡慕的对象。同学小灵更是异常兴奋，妈妈终于同意了他俩的恋爱关系。

右才每个星期都给小灵写情书。虽然他已经是采煤队的团支部书记，但日常生活中还没有同工友们打成一片。他还不会喝酒，又不愿像其他工友那样穿个裤衩在走廊上玩扑克牌玩到动手动脚。他喜欢到工房背后，找一块平整的石灰石，铺上草编凉席，闻着夜来香的独特香味，仰望繁星闪烁的天空，独自享受那份宁静和清凉。他把天马行空的思绪，变成了一只只会飞的鸿雁，源源不断地放飞给初恋情人。

小灵你知道银河系里面有多少个太阳吗？

小灵你知道宇宙是由多少个银河系组成的吗？

小灵你知道爱因斯坦的宇宙无边学说吗？

小灵你知道一个人在浩瀚的宇宙中有什么作用吗？

这哪里是初恋情人的缠绵情书，分明是懵懂少年的奇思怪想。但情窦初开的小灵偏偏喜欢他这些奇思怪想。

她说，才娃，宇宙外面是什么？我好想它裂开一条缝，去看看宇宙外面的世界。

右才每每看到她这些天真烂漫的文字，内心就会有一种说不出的甜蜜。

右才在运木料时不小心受了伤，左手小指骨折。矿医院批了 15 天的工伤假。他认为这是上天对他的巨大恩赐。他飞也似的回到了家乡回到了初恋情人身边。这时小灵也顶替她妈妈在银行上班了。小灵每天下班都到他家做饭洗衣刷碗，听他无休无止地谈论天空谈论星星谈论宇宙，谈论爱因斯坦的相对论。他们几乎时时刻刻都黏在了一起。

这天午饭后右才的家人都出去了。在阁楼小床上午休的右才提前醒来。

他睁开眼就看到了小灵高耸的胸脯在那里均匀地一起一伏。莫名的冲动鬼使神差地让他把手伸进了小灵的连衣裙内……

被惊醒的小灵抖动了几下身子，就紧紧地闭上了双眼，任由右才的手在自己丰满的胸部上滑动，脸上泛起了阵阵红潮……

当毛手毛脚的右才让她一丝不挂时，少女的羞涩还是让她进行了有效的反抗。右才为自己没有能成为亚当而低声愠怒：“你不愿同我好，是想把你的初夜交给你妈妈给你介绍的那个大学生？”小灵也不辩解也不哭泣，只任由泪水吧嗒吧嗒地滴打在凉席上。看着一脸委屈的小灵，右才反而不知如何是好。

良久，小灵慢慢抬起头，看着不知所措的右才，拉住他的手，用轻得几乎听不到的声音说：“我是怕怀孕。你想，就……”

右才将小灵紧紧地抱在怀里，发誓婚前再也不侵犯她了。

右才还是为他的冲动付出了代价。小灵已三天没有到他家了。

他痛心疾首。他心烦意乱。他终于忍不住，在小灵上班的必经之路拦住了她。

“你还在怨我？”

“没有。”

“那为什么不来我家了？”

“我妈不同意。妈妈说，报纸上报道了你们矿瓦斯爆炸死亡了五个人的消息。”

“瓦斯、穿水、垮塌是煤矿工人的三大天敌，我告诉过你。”

“我没有怪过你。”

“那，你自己的意见呢？”

“我不知道。”

“干脆，你搬来我家住。”

“我不敢。”

“那，我们怎么办，不交往了？”

……

“那……好吧。你走吧！”

小灵转身离去的一刹那，悲愤交织的泪水从右才的眼眶滚滚而下。

他立即回家写下了绝交信，让小妹交给了她。

信的内容很短，但很悲壮。大意是她母亲先是瞧不起他家的经济条件，后来又看不上他采煤工人这个职业。她又多次屈服于她母亲的压力，忘掉了他们的星星他们的天空，忘掉了宇宙的裂缝和宇宙外面的世界。虽然他是一个采煤工人，但是他不比任何人低下。他唯一的要求是让她把38封情书还给他。他说那是他的精神财富。他用《中国青年报》头版的一句话作为绝交信的结束语：别了，我心中的金字塔！

右才没有因为失恋而一蹶不振。相反，小灵的绝情成了他无形的动力。第二年全国恢复了高考制度。他刻苦复习考上了成人大学采矿专业。当然，他涉足的不是宇宙的裂缝，而是矿山的裂缝、地球的裂缝。

但是，他不后悔。

早　饭

司玉笙老师点评

这篇作品乍一看，前半部分大都是写男主人公殷勤有加，从早到晚家务活什么的全包了。特别是在做早餐这一点上，更是花样翻新，点点滴滴在心头，勠力使老婆吃上可口暖胃的鸡蛋。在作者细腻的笔触下，男主人公似唠唠叨叨、不厌其烦，近乎神经质。但结尾笔锋一转，道出了缘由，使得作品的主题赫然凸显。作者很重视细节描写，语言运用老道，比喻形象，如：“他把水瓢浸到铁锅里搅了几下，一白一黄的小不点就在锅里跳起舞来。”

主人公的名字可能也有寓意：“蓝改”即“难改”的谐音，对亡妻那种深深的挚爱跃然纸上。可见作者用心良苦。

在公园跑了五公里的蓝改，几步进了厨房，就忙开了。

他双手并用，扳开上下冰箱门，左手从冷藏门架拈两个鸡蛋，右手拉开冷冻室小抽，提起一袋冒冷气的包子，旋风一样转向灶台。

他把两个鸡蛋和三个包子放入蒸锅，左手盖盖子右手就去取墙钩上的长柄铁瓢。

他往铁锅里掺了两瓢水，旋动燃气灶的旋钮，“砰，砰”两声闷响，蒸锅和铁锅下就冒出了蓝色的火焰。

他打开米柜，往水瓢里盛了大米和碎玉米，在水龙头下一番冲搅，用手捂住瓢口，滴了水，把瓢放在灶台上，右手揪了包子袋，左手旋动袋底，走到冰箱前，就把已自动旋紧的袋子丢进小抽，双手并用关了冰箱，转身钻进了浴室。

他三下五除二脱掉晨练的衣裤，打开淋浴，冲湿全身，关掉淋浴，沐浴液稀里哗啦地抹，喷水稀里哗啦地冲……穿上备好的衣裤，走到灶台前，铁锅里的水已经沸腾了。他把水瓢浸到铁锅里搅了几下，一白一黄的小不点就在锅里跳起舞来。

他又折回浴室，捧起换下的衣裤，转进厨房丢进半自动洗衣机，拧下开关，洗衣机开始转动。洗衣机里有昨天清洗衣服没有放掉的水。他每次都是这样，当天清洗衣服的水不放掉，第二天复用，又节水又节时。

这一连串的熟练动作，让他很像影视剧里的家庭妇男。

其实，蓝改是宠爱小他 15 岁的老婆。

他除了不让老婆做家务，还想方设法对老婆好。他说，老婆就应该像女儿一样来贵养。把老婆养得漂漂亮亮的，自己才有面子。所以他对老婆有意无意的说法都很是上心。

老婆说，领导叫她们每天早晨必须吃一个鸡蛋。片区警察的工作没准头，不可能按时上下班，必须保证足够的体力。

为了不让老婆腻口，他就变着花样弄鸡蛋。今天是猪油煎鸡蛋，明天就是牛奶芙蓉蛋；昨天是醪糟鸡蛋，今天就是带壳鸡蛋。

老婆最喜欢他发明的带壳清蒸鸡蛋。

他把蒸好的鸡蛋两头磕破，用手掌在桌上轻轻一搓，蛋壳就能一长串地撕下来。这种鸡蛋特香，蛋黄都是软的，不哽喉。

一天早餐，老婆无意中说，她那天在村民家吃的土猪肉馅儿的包子，又香又有嚼劲。他就去超市，买回来食材，自己学包。然后把自己包的土猪肉包子一个个冷冻，用食品袋装好，老婆想吃就蒸上几个。这不，今天他又蒸土猪肉包子了。

有一次早餐，老婆咬一口香喷喷的土猪肉包，看一眼他撕掉蛋壳递过来的蒸鸡蛋，那双棕色的大眼睛就含情脉脉：“亲爱的，你对我真好，我都不知是哪辈子修来的福。你总是让我好温暖。”他憨憨一笑，从她那好看的眼睛移开，用筷子为她的碗里挑几粒油酥花生米，夹几块自泡的胭脂萝卜。她眨一眨眼睛，默默站起来，走到他背后，紧紧抱住他，不说一句话。他装着催促的样子说：“快吃快吃，警察不能迟到……”还扭动几下身子。他用一种特殊的方式享受这份新婚燕尔的温馨……

蓝改转动洗衣机的排水阀，放掉多余的水，倒进洗衣液，就转身关掉了两眼灶的天然气。

包子、鸡蛋蒸好了，稀饭也煮好了。

他敞开盖子，让蒸锅降温，再用铁瓢把稀饭舀到大小不等的几个碗里。他时常对老婆说，稀饭在锅里泡久了就不好吃了。

他又转身关掉旋转的洗衣机，把还没有清洗的衣服放甩干机甩去洗衣液再清洗。这样做省时节水，却麻烦。老婆说要给他换全自动洗衣机。他说，半自动洗衣机比全自动洗衣机好。棉质衣物的毛绒，经过半自动洗衣机过滤网的过滤，再在一大缸水里清洗，就不会附在衣物上了，洗出的衣服比全自动洗衣机清爽整洁。老婆眯着眼惊讶：我都没想过这个问题。他也学老婆眯眼调侃：你是警察，成天忙大事，这些鸡毛蒜皮有我这个小职员就够了。老婆给他两个白眼……

稀饭和包子也到了最佳的食用温度。

他摆好两副碗筷，没有扯开嗓门叫老婆吃饭，而是坐在餐桌前，把手机放在桌上的手机架上，对着手机屏幕上英姿飒爽的警花说话。

他说，小凤呀，今天早餐是清蒸鸡蛋，土猪肉包，都是你喜欢吃的。还

有油酥花生米，可香了。三年前，你去抗洪救灾牺牲那天，早饭都没来得及吃……说到这里，泪水已模糊了他的双眼……

他慢慢站起来，摸索着拿起手机，拍下早餐照片，发了个微信。

这是他发给老婆的第 1095 张图片。

老　娘

司玉笙老师点评

穷家难舍，故土难离。老一辈人家并不向往城市的浮华和舒适，他们习惯了“土里刨食”、自食其力，熟悉了家乡的月落日出、晨风暮雨，身在其中，自得其乐，对儿女的孝心可能不会买账，这既是观念上的差异，也是一种“故园情结”所致。作品中的这位“老娘”就是这样。

作品中，儿女为使老娘到城里过好生活，孬法好法都试了，可老人家就是“咬定故土不放松”，你有千条计，俺有老主意。作者的笔下，这位老太太倔强且可爱，很有个性。

赵明达用幽怨的眼神眯着老娘。

老娘着蓝布衣裤，穿青布鞋，跷二郎腿，双手抱前，两眼紧闭，端坐老屋中央小凳上，一副不理不睬的架势。

午后的阳光，透过小窗模糊的塑料膜，折射在赵明达已经花白稀疏的头顶上，让他看上去反而没有老娘精神。石板地上的一大堆烟头，标志着他的说辞已有些时辰。老娘自制的炊炉，安静地躺在墙角。老娘的曾孙子把喝了的牛奶盒丢在摇摇欲坠的小桌上，双手抱着老娘捡来的鞋盒里的玩具，坐在进门右边的小凳上，上眼皮与下眼皮不断在打架。

赵明达试图喝两口八宝粥充饥，怎么也无法吞咽。他缓慢地从嘴唇上取下易拉罐攥在手里，看着像尊菩萨的老娘，轻轻叹了一口气。

六个月前，赵明达的弟弟，租了一辆小货车，趁老娘进山采蜜时，把家里的桌子板凳木床木柜和所有值钱的东西，悄悄搬走了，只留下了老娘陪嫁时的红花梨木箱。

四个月前，赵明达的妹夫妹妹，趁老娘去村口兜售她采摘的那些山货时，开着摩托从小路进村，把家里的铺盖棉絮毛毯悄悄运走了。

两个月前，赵明达叫上儿子，趁老娘去捡拾游客丢弃的易拉罐矿泉水瓶时，把两堵窗户的玻璃敲碎，把厨房的土灶砸了。

老娘倒好，床没有了，她用木棒支撑个简易床。窗户的玻璃没了，她用竹子夹上农用塑料膜当窗帘。灶台没了，她用废旧面盆抹上泥土，一个老鼎就开火做饭。老娘像村子里几百年的石板路，坦然而倔强。

赵明达多少次找老娘，今天还特意带来老娘最疼爱的曾孙子，想增加谈判的筹码，没想，老娘连饭都不给他们吃，曾孙子只好用牛奶当午餐。

赵明达看着老娘捡来的一墙角垃圾，看着床上凌乱的旧被盖，看着床下的夜壶，内心无比地纠结。老屋具备了卧室、卫生间、厨房、饭厅、储藏室、客厅的全部功能。老娘在这种环境下生活，他有一种说不出的痛楚。更为严重的是，八十多岁的老娘，还经常上山采办山货，万一有个三长两短咋办？

赵明达真是想不通，赵沟村几百号人都离开村庄，到条件优厚的城里去谋生活，只剩下十来户人家了。这个几百年历史的赵沟村，已经渐渐破败荒芜。他们三兄妹通过几十年的打拼，都在县城安家。条件最差的弟弟，半年前也分到了政府的廉租房。让弟弟搬走老娘的家具，是他们几兄妹的主意。他们是想逼老娘进城。赵明达专门为老娘留下了一间有卫生间的大卧房。

老娘死活不愿意。

她说，她习惯了在村口那棵几千年的老槐树下乘凉，她喝惯了那口常年不干的老井水，她住惯了冬暖夏凉的石头土墙老屋。她在村里就精神百倍，一到城里就犯迷糊。可是，老爸去年去世了，大家都想让老娘去城里过舒适的日子。老娘就是不理解儿孙辈的良苦用心。

赵明达的视线落在老娘床边那个红花梨大木箱上。木箱外面的油漆已全部脱落。老屋的地板潮湿，大木箱每年都要生一次霉霜。那把生锈的铜锁与木箱的颜色浑然一体。他们谁都没敢动这个古董。谁动了，老娘就跟谁拼命。其实，木箱里根本没有值钱的东西，就是赵家几百年来的家谱和赵氏祖先的几十块灵牌。老娘绝不允许他们把灵牌搬走。每年春节和清明，老娘都要摆灵牌祭奠。

这几年，乡村领导都想学其他地方，打造赵沟古村，拉动乡村经济，拯救传统物质文化遗产。一拨又一拨的投资商，看到那些坍塌的院子，看到那些摇摇欲坠的土墙老屋，人杰地灵的古村，最终也没有提起开发商的投资兴趣。而让八十多岁的老娘有一个安稳的生活，已成为赵明达儿孙们刻不容缓的愿望。他不能丢掉赵村人的孝道。

这时，屋外传来赵支书"他婶他婶"的呼喊声，赵明达一个激灵跳起来冲了出去。

冬至，冬至

秦德龙老师点评

作品窥到了生活深处的漩涡与激流，看到了时代风潮中人的内心波澜和精神起伏，呈现出人物心灵隐藏的悲剧，掀开了斑驳复杂的人生世相的一角。小小说叙事沉着，优游裕如，在有限的篇幅内，闪转腾挪，虚实相生，挑战了叙事难度，拓展了文体内部意蕴空间，使小说兼空灵与迷离、轻盈与丰厚之美。

吴小伟拒绝了朋友约他去小城最大的羊肉馆品野山羊汤锅的邀请，来到一个小面馆，要了一碗羊肉米粉，打发了在QQ和微信朋友圈刷屏的冬至庆典。虽然还不到六点钟的下班潮，虽然天已经黑了，他还是三步并作两步在小城穿梭。他怕碰到熟人被拉去喝酒。小城人认为，冬至吃羊肉，一冬都暖和。今天约他喝酒的人特别多。

他急急忙忙蹿回家，把卧室的电热毯和空调开起来，冲了个热水澡，舒舒服服地躺进被窝里。他回复了两个未接电话，又委婉拒绝了两台酒，就查询他关心的网页。

其实，吴小伟是女人。朋友们在聊天时称呼“他”，除了她的名字像男人，还因为她喝酒比男人还男人。有一次酒局将散，一个男人趺趺撞撞端了两大杯“包谷烧”来赌她干杯。她从座位上站起来，接过酒杯，在那小子的酒杯上重重一碰，一仰脖子把包谷烧倒进了喉咙。她杯口朝下，说，我先干为敬。那小子放下杯就开溜。她一把抓住他，把他按在座椅上，那杯包谷烧就从他的头上淋了下去。那小子慌忙闭上眼睛……

吴小伟喝酒爽直，赚钱也彪悍。她不但在永辉、重百、新世纪三大超市租了柜台，还经常缠着围裙卸车搬运货物。好多老板误认为她是搬运工要雇她搬货物嘞。

吴小伟不但是女人，还是一个身材高挑三围突出的美女人。她的丈夫是跑长途列车的乘务员，十天半月才回一次家，她就经常与生意场上的朋友打牌喝酒。朋友们都喜欢这个既有钱又大方，既豪爽又漂亮的“他”。

别看吴小伟每天风风火火生活滋润，她也有烦恼，而且是难以启齿的烦恼。40岁了还没生一男半女。前任老公就因为她不能生育，给她一笔钱拜拜了。现任丈夫也经常开玩笑，你挣这么多钱没人继承，应学一些名人搞慈善。她担心，现任老公也突然毫无征兆开溜，把她扔在半路，真成为“半路夫妻”。前不久，她对丈夫说，她想做试管婴儿。丈夫举着攥紧拳头的双手在空中挥舞了几个回合，激动得没说出一句话来。看着异常兴奋的丈夫，她的心里产生了一种淡淡的忧伤。

医生告诉她，要为她注射几个月的专用针药，改变她的内分泌状态，提取健康卵，通过人工授精在试管中培养，再移植到她的身体内。打针后很痛，她要有心理准备。她必须戒酒。医生说，检查她什么都正常，过度饮酒对她的正常生育影响很大。

这是她现在躲酒的真正原因。

试管婴儿是一件难以启齿的事情。会让人笑话，还不一定成功，所以她没让亲友们知道。

老公出车了。她只能孤独着自己的孤独。她不知不觉就睡着了。

睡梦中，她在医院成功分娩了一个女孩。医生说6斤6两，六六大顺。她抱在怀里，觉得她好漂亮好漂亮，像她刚买的芭比娃娃。小女儿饿了，蠕动着小嘴找吃的。她慌忙把奶头塞过去。但小女儿的嘴太小，怎么也含不住奶头。小女儿“啊——啊——”大哭，单音拖得很长，末尾还要扯一下，像要闭气一般，好不凄惨。她心疼得从睡梦中惊醒。坐在床上的她，心还咚咚直跳。

这时，那种婴儿凄惨的哭声，又一个长音一个长音地响起。坐在床上的她为别人的孩子伤心落泪。

这一声接一声的凄惨哭声，终于被她听明白了，不是小孩在哭，是猫在叫，是几只猫在叫。猫的叫声怎么会像小孩一样哭泣？内心的伤感和好奇，使她裹上厚厚的冬衣，走到楼下，悄悄寻视。借助路灯，她看到黑、白、灰三只猫，在树下头对着头三角而立，像是要打架一样。黑猫把背拱得老高，像婴儿抽泣一样向白猫示威。它哀嚎的最后一个音刚完，白猫也把背拱起来对着它哀嚎。灰猫盯着它俩一动不动。黑白二猫在争宠？这就是猫叫春？几个回合后，猫发觉有人，快速朝不同方向跑掉了。

回到卧室，才凌晨两点。她钻进被窝，为自己发现了猫叫春的秘密而哑然失笑。当她睡得迷迷糊糊时，那叫声又从树下响起。寒冷的冬夜，这声音既让她纠心，又让她隐隐的温暖。她用被子把头蒙起来，却又在被窝里专心地听。一会儿，这声音又没有了。估计是被人打扰。在她迷糊时，叫声又响起来。这样反复了很多次。她没有因为被打扰了睡眠而烦恼，而是为猫咪们的执着心生敬意。它们也是想要孩子，而且是想要健康的孩子。

她真正清醒，是没有了猫的叫声。她推开窗户已是早晨七点。天还没有亮，冬至夜，是一年中最长的夜。她想，都冬至了，春天还会远吗？

半路夫妻

司玉笙点评

作者喜用散文笔法描景叙事，特别是在写男欢女爱的作品中出现得较多，这篇作品就很明显。作品中，已经离婚三年的“半路夫妻”，相约到乡下的一处景区游玩，那是他们初恋之地，也是他们一同裸泳过的地方，欢快且浪漫。

在作者笔下，“鱼子岗”被描绘得像世外桃源般富有诗意和温情。旧地重游，景色好像变得更美丽了，而“半路夫妻”的情分已去，虽有淡淡的伤感，但还不失浪漫情调和大度。也许，这就是部分当代人对婚恋的态度吧，具有时代特色。

我时常被同一个梦惊扰。

初二卯时，我正在做那个梦，就被她的电话惊醒。朦朦胧胧中，我听到她说，放假了，想回家乡看看，想嗅一嗅家乡的味道。问我，是否愿意陪她看看家乡的山水。虽然是半路夫妻，还分了，我还是很爽快就答应了。

她回到家乡已是下午三点。她说，今天春光明媚，到鱼子岗去转一转？听说，家乡转型搞全域旅游，鱼子岗已打造成“十里河滩，梦里水乡”。她已好多年没有去过了。

我是在省城的一次笔会中偶遇这个家乡才女的。她丧偶，我离异。我热情，她潇洒。我经常找借口，要么约她去鱼子岗品土黄鳝尝烤鲫鱼，要么约她去那里采摘草莓。

鱼子岗地处国家5A级景区的入口处。那里四面环山，地势平坦，腰子河穿岗而过。河水清澈见底。小时候常去那里捉鱼捞虾。这里居住的几十户农家，在发展乡村经济时，搞起了特色经营的农庄。我觉得，那是一个谈情说爱的好地方。

我最喜欢半山那些低洼的山沟。山沟有不少水潭。有的水潭十多米宽，一两米深，很是隐秘。站在田间地头的人也看不到那些水潭。记得有一年盛夏午后，我和她在农家喝了点小酒，来到水潭边。我借着酒半真半假说："才女，小时候，我经常来这儿游泳，衣服裤子都不穿。为了寻找你创作的灵感，我们裸泳怎么样？"我看她的眼神意味深长。

"回归自然，与大自然零距离接触，我梦寐以求！"她豪情万丈。等我猴急地溜光跳进水潭，她却穿着小衣寸裤下水，为耍了我一把嘻嘻哈哈笑个不停。

潭水才淹过她胸口，她就乌拉乌拉地叫。水的凉意和压力让不会游泳的她既兴奋又慌乱。我对被她蒙骗，让我的隐私暴露在光天化日之下很没面子，正寻思怎样出气，一个天赐良机就来了。一条黄鳝从泥洞里钻出来，在水面游出弯弯曲曲的纹路……我灵机一动，指着黄鳝游动的波纹高声惊呼："水蛇！"

她像一只白花花的海豚猛然冲出水面，不要命地往岸上奔跑。水的阻力让她左肩的吊带滑落，春光乍泄的她也全然不知。她的腿脚噼里啪啦溅起的水花，在阳光的折射下，形成五彩的星光不断起起落落。她冲上岸，把自己撂倒在草地上大口喘气，再也不敢下水……

今天早晨被她电话吵醒时，我做的就是这个经常出现的梦。

现在的鱼子岗完全变了。以前狭窄的土路变成了宽敞的柏油路。原来的沿河小径拓宽为休闲步道。河里新筑了一道道拦河坝和跳石，让游客在河中任意穿梭。亭台楼阁镶嵌在不同的山冈，漫山遍野都是绿油油的草坪和含苞欲放的花卉。正值春节大假，又阳光明媚，到处是观光休闲的市民。“如果是花开的季节，这里肯定还要漂亮”，这是本地市民在感叹。“同志，十里河滩怎么走？”一辆小车停在路边传出询问的声音，这是外地游客。

鱼子岗的这些变化，并没让我放慢在跳石中穿梭的速度。我迫不及待想看到当年裸泳的水潭，希望找回让我魂牵梦绕的记忆。来到一个六角亭，我看见一条新修的环山公路已经覆盖了那些水潭。公路上一辆一辆的小车，从我记忆中的水潭上奔驰而过。

我低声轻叹：“还是喜欢原来的鱼子岗。”

不知是初春暖阳的原因，还是我的脚步太快，她已把冬衣脱下挂在肩包上。见我为没了水潭而感叹，她紧趋几步，接过我的话说：“以前的鱼子岗粗犷潇洒，现在的鱼子岗优雅灵动。”

她是才女，我不跟她辩论，我跟她就是那次裸泳后成了半路夫妻，也因为辩论分手三年了。

我家的黄花猫

母一娜点评

文章通过一个梦境，由“我”的心理意识暗示出猫的不测，引起读者注意。接下来，文章进入倒叙，在提前向读者揭晓丢黄花猫的结局时，将猫不见了到找不到猫的这一系列情节嵌套进来，产生一种曲折的效果，引起读者心理上的紧张和同情。而故事到了“我”回家后似乎戛然而止，没有继续推进，进而以闲笔的方式，将作者有关猫的经历和记忆延展出来，构成整篇文章最具色彩的部分。其中，通过猫鹭大战和抓鱼事件，表现猫的顽皮灵动；再到“我”对它的教育，以及它亲近人的动作，折射出“我”和猫之间无形中的深厚情谊。利用闲笔的方式突破小说的情节惯性，是一个十分值得探索的方向。

我家的黄花猫给我托了一个梦。

梦中它在我身边转来转去。它的后腿一拐一拐的，有黄毛和白毛在后腿上凌乱飞起。它是在告诉我它的腿受伤了。我见它还自如地旋转，伤不重，没去管它。转眼它就滑进了路边的小洞。头和前爪在洞外，后身掉到了洞里，后爪在洞里拼命地抓。那个洞黑乎乎的，深不见底。黄花猫一脸恐惧，拼命哀嚎……

我被它的悲声惊醒。

前天，这只黄花猫已经从五楼的窗户掉下去了。

那天清晨五点钟，我到楼上洗漱。黄花猫没有像往常那样，听到脚步声，就喵喵喵地叫，还用头和身体碰门。它是在吵要吃的。我只是每天早晨让它吃东西。其他时间不让吃。让它养成了其他时间去寻找猎物的习惯。这样，猫才会抓耗子。

猫没出来寻食，估计是病了吧？有几次没听到它的叫声和碰门声，结果都是生病了。每次都得到封兵诊所买柴胡来注射它才会好。我到它常睡的地方去找，没有。又在几间屋里呼唤，还是没有。

我立刻产生了一种不祥的预感：莫非猫又摔到楼下去了？

我跑到厨房它上次摔下去的地方察看，几扇窗都是关着的。

完了，饭厅有扇窗没有关好。外面窄窄的窗台上留下了一串猫脚印。

我迅速向楼下冲去。

一根手指粗的铁绞线从楼与楼之间悬空的一大把通信线上掉到了地上。生锈的铁绞线上粘了很多黄毛和白毛。估计是猫从五楼掉下把铁铰线砸断了。由于有通信电缆和铁铰线的缓冲，猫应该没有被摔死，因为地上没有血迹。如果没有被人抓走，就是吓坏了躲起来了。这时天已大亮。我在小区附近的花园和墙角去找，去唤，还是没有找到。我只能断定它被人抓走了。

我想，算了，这只猫与我的缘分估计到此为止了。

忙碌了一天回到家，没有猫出来迎接，心里顿时觉得少了点什么。平时，只要一碰铁门，就会传来喵喵喵的声音。如果不是主人，它会用尖利的声音示警。它的嗅觉一点不比看家狗差。

进屋坐在椅子上，就有了一种莫名的伤感。

这只猫，是小女儿花二十元钱买的。当时未满月，走路还摇摇晃晃。三年多的相处让我的脑海里自然浮现好多猫事来。

黄花猫小的时候，喜欢爬到墙角大鱼缸上面的黄葛树上懒懒地晒太阳，摆出很多讨人喜欢的 poss。南飞的白鹭，扇动硕大的翅膀俯冲下来抓鱼缸里的鱼，它被吓得一溜烟跑去躲起来。不到一个月，鱼缸里上百条的观赏鱼就只剩下三四十条了。

第二年它长大了，抓耗子的本性出来了，没耗子抓，它就抓麻雀抓鸽子。我家在顶楼，又搭有雨蓬，麻雀呀鸽子呀，都喜欢在雨蓬架子上栖息。它每次把抓到的麻雀和鸽子叼到洗澡用的拖鞋上。

第二年冬天，南飞的白鹭又来抓鱼。白鹭以为又能像去年一样饱餐一顿继续南飞，没想到黄花猫长大了。我下班回家好几次发现地上有很多白鹭的羽毛。虽然没有看到猫鹭大战的精彩场面，但白鹭肯定没捡到便宜。因为从此以后白鹭就再也没来过。看到地上的白鹭羽毛，我每次就为黄花猫梳理全身。它就闭上眼睛，美美地享受这种犒赏。

猫把白鹭赶跑了，它却独享了抓鱼的快乐。时不时就有一条鱼被它抓起来叼到拖鞋上。另一栋楼的邻居说，他最喜欢看我家的猫抓鱼。猫把三只爪子抓在黄葛树上，头朝下摆出一动不动的造型，机会一到，它的另一只爪子就如猴子捞月一样从鱼缸里捞起一条鱼来。

这只猫很怪，从不吃生鱼。肉类它也不吃生的。也许它从土猫进化成宠物也变文明了，不喜欢血腥。每次它都是把鱼呀麻雀呀鸽子呀放到拖鞋上，向主人邀功。

我看到拖鞋上有鱼，就气得不得了，立刻对它进行法西斯教育。

我把它揪出来，让它闻一下地上的鱼，说，这是日本锦鲤，是用来观赏的，是不能抓的，抓了，日本锦鲤就死掉了，就不好玩了。说一次就用不锈钢晾衣竿打一下。第一次打了十下。第二次打了二十下。以此类推。只要它听到晾衣竿的响声，就会拼命地跑。几次“教育”，它就再也不抓鱼缸里的鱼了。看来，有时候，驯化动物比教化人还容易。

这只猫还很特别。它喜欢同人一起玩耍。它会在你身边转来转去，用头用身体来蹭你，跟你套近乎。如果你不理它，它就会轻轻咬你一口立马跑开，以此来引起你的关注。

你在厨房做饭，它就会跳到洗衣机或者冰箱上看着你。你从旁边走过，它就用前爪来刨刨你。你几次不理它，它就会在你不注意的时候冷不丁扑上来抱住你的手臂。如果你正在炒菜，锅铲里的菜会到处横飞。还没等你去打它，它知道闯祸了就拼命地跑。假如地板刚拖过，水还没有干，它的爪子就会在地上打滑。它越是拼命地跑就越是打滑，那个样子会让你忍俊不禁。如果你把厨房门关上不让它进去，它就会跳起来抓门把手，几下就把门打开了。如果你把房门反锁，它就会从窗子外面不到十公分的窗台上从窗子缝隙里挤进来。一年前它就从窗台掉到二楼的雨篷上，吓了个半死。

想到这只猫带来的乐趣，我不知不觉把铁门打开，希望它什么时候悄悄地回来。直到电视谢幕，奇迹都没有发生。

被猫梦惊醒的时候才四点多钟，还在下雨，我仍然决定去找它。我想，猫是有灵性的。它托梦肯定有缘由。于是我边下楼边打开手机电筒。听到我的呼叫声它答应了。声音很小，是从两栋楼房的缝隙里传来的。缝隙很窄，刚伸得进去一只手。缝隙里有一把很长的塑料扫帚。看来，有人想用扫帚把它赶出来，没有得逞。它听到我的呼唤声又看看我，才慢慢地从夹缝中出来，温顺地趴在地上。

我发现它的左腿有擦伤的痕迹，与梦中的情形相似，真是好神奇。

莫非，人与动物和睦相处，就能获得一种心灵感应？